KB070399

내밀 예찬

내밀 예찬

은둔과 거리를 사랑하는 어느 내향인의 소소한 기록

김지선 지음

한겨레출판

PROLOGUE

내밀한 기쁨과 복잡한 행복을 위해

얼마 전에 만난 사람이 내게 MBTI가 뭐냐고 물었다. 자신의 혈액형이나 별자리를 아는 것이 당연한 것처럼, 이제는 내가 속한 MBTI 유형(과 그로 인한 특성)쯤은 숙지하는 것이 자연스러운 일로 여겨지는 듯하다. 처음 만난 상대가 나라는 사람을 두루뭉술하게나마 파악하기에도 좋고 적당히 현대인스러운 대화를 이어나가기에도 좋으니 말이다. 그런데 나는 아직 내 MBTI가 뭔지 모른다. 따라서 이 질문에도 답을 할 수가 없었다. 해리포터 기숙사 테스트까지 해봤을 정도로('후플푸프'라는 결과를 겸허히 받아들였다) 이런 류의 분류법을 재밌어하는 편임에도 왠지 모르게 MBTI 테스트에는 손이 가지 않았다. 아마 해보지 않아도 결과를 짐작할 수 있기 때문일 거다.

나의 MBTI는 'I'로 시작할 것이다. 'E'일 수는 없다. 그럼에도 "나의 MBTI는 IOOO입니다"라고 말하는 것은 스스로를 "나는 내향인입니다"라고 소개하는 것만큼이나 겸연쩍게 느껴진다. 재미 삼아 하는 일을 마음 편히 즐길 수 없는 이유는 물론 나의 콤플렉스와 관련이 있다. 그것이 요즘 유행하는 MBTI 나 '내향'이라는 워딩은 아닐지언정, 이 주제는 아주 오래전부터 나를 따라다녔다. '나는 왜 이렇게 생겨 먹었을까' 수준의 하찮은 성찰을 통해 내린 결론은 '나는 내향인이니까, 그래서 뭐 어쩌라고?'다. 내향인이라서 사회생활이 힘들고 관계가 버겁다고 말하는 건 당일에 약속을 파토 내는 것만큼이나 면구스럽다. 사회생활이 힘들고 관계가 버거우며 약속 시간에 맞춰 집을 벗어나는 일이 쉽지 않은 것은 모든 사람에게 마찬가지니까.

자기 객관화와 자기 합리화는 다르다고 생각한다. 자기 자신을 정확히 아는 것 다음에 뒤따라야 할 성숙한 태도는 '그러니까 어쩔 수 없다'가 아니라 '그럼에도 어떻게든 해봐야겠다' 일 것이다. 그래서 본성을 거슬러보려고 애쓰는 사람을 좋아한다. 아니, 존경한다. 대화에 서툴러도 앞에 앉은 상대방이 불편할까봐 어떤 이야기든 꺼내려는 사람들, 주목받는 게 싫지만 마음을 단단히 먹고 무대 위에 오르는 사람들, PPT 화면에 의지하여 갈라진 목소리로 발표를 이어나가는 사람들의 모습을 아름답다고 여기고, 가끔은 애잔함도 느낀다.

그럼에도 불구하고 '할 수 없는' 일들이 있다. 누군가에게는 숨 쉬듯 자연스러운 일이 누군가에게는 좀처럼 자연스러워질 수도, 익숙해질 수도, 아무리 애써도 좋아할 수 없는 일일 수도 있다. 누군가에게는 별것도 아닌 일을 수행하기 위하여 누군가는 일주일 전부터 마음의 준비를 해야 할 수도 있다. 우리 사회는 그런 것을 보통 '유난'이라고 부른다. 용기나 노력이 부족한 것인지 유난에 소질이 있는 것인지 나에게도 그런 일들이 있다. 아니, 꽤 많다. 이 책에는 그런 내용이 수두룩할 것이다. 주로 학교나 회사와 같은 집단주의 문화에서 강조되는 '함께'의 미덕을 좋아해보려고 나름대로 애써왔지만 어느 순간 내가 가진 에너지의 총량은 정해져 있다는 사실을 깨달았다. 혼자 하고 싶은 일을 함께 하고, 웃고 싶지 않은 농담에 응대하고, 마음 깊은 곳에서는 원치 않는 공동의 욕망을 좇는 동안 내가 잃어버린 것에 대해 생각해보게 됐다. 그것은 내가 좋아하거나 중요하게 생각하는 일에 대한 의욕이었고, 정작 귀하게 여기고 싶은 관계와 대화였으며, 무엇보다 나 자신이었다. 좋아하는 것들 앞에서 늘 초조한 사람으로 남기 이전에, 내가 가진 얼마 안 되는 총량의 에너지를 다른 식으로 재분배해보고 싶어졌다.

이 책에 실린 글들은 대부분 코로나 기간에 썼다. 덜 내뱉고 덜 뻗치고 덜 부대끼며 살고 싶은 사람의 소망이 받아들여지기 위해서는 그 사람이 담긴 사회의 공기가 희석되어야 할 것이다. 아이러니하게도 모두가 고통스러웠던 펜데믹 상황에서 잠깐 그 문이 열렸던 것도 같다. 공간의 밀도는 낮아졌고 관계의 점도는 떨어졌으며 홀로 동떨어져 있는 듯한 시간이 많아졌다. 집단주의의 관성이 일시적으로 해체되었고 개인주의자의 선택이나 행동이 별스러워 보이지 않는 세계가 열렸다. 빠른 속도로 예전으로 돌아가고 있는 지금, 우리 앞에 잠시 모습을 드러냈던 세계에 대해 생각해볼 필요가 있다고 느낀다. 우리에게 원래 필요했던 사적 공간과 코로나 이후에도 유지되었으면 하는 최소한의 거리에 대해서 말이다.

나를 '봐주느라' 언제나 고생이 많은 가족과 친구들, 그리고 이 책이 쓰일 수 있게 해준 한겨레출판의 김진주 편집자님에게 감사를 전한다. 편집자님이 지어주신 《내밀 예찬》이라는 제목이 첫눈에 마음에 들었다. 평소에 '내밀한'이라는 말을 좋아하기 때문이다. 사전을 찾아보니 '내밀內密'은 '어떤 일이 겉으로 드러나지 아니함'이라는 뜻을 지니고 있다. 그러나 이 단어는 '내밀'이라는 명사로 단독적으로 쓰이기보다는 주로 '내밀한'이라는 형용사로 다른 무언가를 수식할 때 사용되는 경향이 있는 것 같다. 내밀한 감정, 내밀한 시간, 내밀한 역사, 내밀한 고백, 내밀한 관계 등…. 하나같이 내가 언제나 혹하게 되는 것들이다.

새삼스레 이 단어의 쓰임새가 신기하게 느껴진다. '내밀한'이 내가 가진 것, 즉 나의 마음, 나의 시간, 나의 이야기 등을 수식할 때, 이 단어는 타인과 나 사이에 널널한 거리를 만든다. 갑자기 변심해서 발설하지 않는 이상 나 혼자만 알고 있을 마음, 시간, 이야기…. 나는 이런 것들을 아끼고 또 아낀다. 반면 '내밀한'이 관계성을 품은 단어와 함께 사용될 때, 이를테면 '내밀한 대화'라거나 '내밀한 사이'라는 말에서 나와 각별한 타인의 거리는 순식간에 좁아진다. 그런데 이쪽도 싫지 않다. 아무래도 나는 내밀함이 만들어내는 멀고도 가까운 거리를 사랑하는 사람인가보다.

좀 더 많은 사람들의 내밀한 기쁨과 복잡한 행복이 지켜질 수 있기를, 수면 위에 드러나지 않는 아름다움이 존중받을 수 있기를 바란다.

2022년 초여름

김지선

차례

PROLOGUE 5

1부

내밀 예찬

점심 이탈자 15
내밀 예찬 20
재택의 기쁨과 슬픔 26
무표정의 아름다움 32
말과 시간의 연주자들 36
어둠 사용법 40
수치심을 위한 장소 46
걷기의 예술 51
낄낄의 중요성 56

2부

숨고 싶지만 돈은 벌어야겠고

숨고 싶지만 돈은 벌어야겠고 65
스타벅스 테이블 라이터 69
간장 종지 크기의 사랑 74
단골집의 부재 80

고양이들의 도시 86
이웃이라는 낯선 존재 91
예민한 것이 살아남는다 96
거울이 다른 거울을 들여다볼 때 101
이메일을 보내며 106
파티션이 있는 풍경 111
술자리를 추모하며 116

3부 잃어버린 정적을 찾아서

3월 2일의 마음 123
누군가의 집을 방문할 때 128
최선의 솔직함 133
6인용 식탁 138
잃어버린 정적을 찾아서 144
일 머리가 없다는 말 148
의전의 거리 153
오늘의 메뉴 158
하지 말아야 할 농담 164
몸에 관한 이야기 168
지루함의 발명 173

EPILOGUE 179

1부

내밀 예찬

점심 이탈자

언젠가 친구가 평일 오후 시간에 백화점 식품 매장에 머무는 사람들이 궁금하다고 말한 적이 있다. 다량의 부러움과 소량의 호기심, 그리고 미량의 적개심이 뒤섞인 발언이었을 것이다. 나 역시 그들이 누군지 안다. 일단 평범한 시간에 출퇴근을 해야 하는 직장인으로서는 만날 기회조차 많지 않다는 점에서 그들은 신비로운 존재다. 그들은 결코 서두르는 법이 없다. 돈을 쓰기보다는 시간을 쓰기 위해 움직인다는 뉘앙스로 카트를 천천히 움직이며 물건을 고른다. 매우 여유로워 보이는 한편으로는 꽤나 지루해 보이기도 한다. 충분한 돈에 비례하는 충분한 시간이 있는 사람들만이 지닌 분위기를 띤다.

이와 비슷한 맥락인지는 잘 모르겠지만, 나는 점심시간이 되면 사라지는 사람들에게 호기심이 있다. 당신도 그들이 누군지 알 것이다. 그들은 주로 11시 50분경이 되면 자리에서 일어난다. 12시는 위험한 시간이다. 섬세하지 못한 사람들로부터 불필요한 질문이나 무신경한 권유를 받을 수도 있고, 붐비는 엘리베이터로 인해 계획이 미세하게 뒤틀릴 수도 있기 때문이다. (나 역시 붐비는 엘리베이터로 인해 뒤틀린 추억들이 많다.) 그들의 움직임에는 낭비가 없다. 어떤 단호함까지 느껴져 쉽게 말 붙일 수 없다. 아, 사라지는 사람들이 모두 자리에서 사라지는 것은 아니다. 가끔 빵이나 샐러드를 먹으며 자리에 머무는 쪽을 택하는 사람도 있다. 그러나 일순간에 모든 것을 차단하고 모니터 속 자신만의 세계로 들어간다는 점에서, 그들 역시 사라지는 사람들에 속한다.

대부분의 회사에는 점심시간이면 사라지는 사람들에 대한 은근한 불만이 떠돈다. 모든 팀원이 함께 식사해야 하는 보수적인 사내 문화를 가진 회사에서는 물론이고, 비교적 운신이 자유로운 회사에서도 이 불만이 완전히 제거되지는 않는 것 같다. 일주일에 두세 번쯤 약속을 잡는 것은 이해할 수 있지만, 매일의 점심시간을 온전히 개인의 시간으로 간주하는 것은 마땅하지 않다는 눈치다. 나는 이러한 공기를 잘 안다. 나 역시 점심시간에 사라지고 싶은 사람이었기 때문이다. 드라마나 연예인 이야기를 하며 밥을 먹고 의무적으로 커피를 마시는 시간이 일의 연장선상으로 느껴졌다. 불편한 상사가 밥을 먹자고 할까봐 점심시간 직전에 괜히 화장실 칸 안에 오래 머물기도 했다. (나는 원래 용감하기보다는 비겁한 쪽이다.) 회사생활에 익숙해진 다음부터는 점심시간을 조금 다르게 운용해보기도 했다. 도시락을 싸서 회의실에서 먹거나 회사 사람들이 자주 가지 않는 길 건너편의 카페에 틀어박혀 점심시간을 보내고, 가끔은 회사 주위를 산책하거나 서점에 가기도 했다. 어느 날에는 시내버스를 타고 몇 정거장 이동한 후 처음 보이는 식당에서 점심을 먹고 다시 일터로 복귀한 적도 있다. 그러나 이처럼 과감한 행보는 고작해야 일주일에 한 번이나 두 번이었고, 나는 매일같이 사라지는 사람이 되지는 못했다.

매일같이 사라지는 사람들은 결코 고만고만한 회사 주변 식당에 출몰하지 않는다. 그들이 어디에서 밥을 먹는지는 신비의 영역으로 남는다. 아무에게도 발굴되지 않은 존재감 없는 식당이 회사 주변 어딘가에 하나쯤 남아 있을 것이다. 근처에 있는 공원 벤치에서 샌드위치로 점심을 먹으며 외국어를 공부하거나, 카페 구석 자리에서 단편소설 한 토막을 읽었을 수도 있다. 회사와 가까운 곳에 사는 누군가는 매일같이 집에 들려 점심을 먹고 식물에 물을 준 후 회사로 복귀하는 건지도 모른다. 그들 중 상당수는 식사를 건너뛰고 회사 근처 요가원이나 헬스클럽에서 숨 가쁜 시간을 보냈을 것이다. 또한 그들 중 누군가는 백화점 푸드코트에서 점심을 해결했을 수도 있다. 평일 오후 백화점 식품 매장의 여유로운 사람들 사이에서, 유일하게 서두르는 사람으로 머물렀을지도 모를 일이다. 어찌 됐든 사라졌던 사람들은 정확히 1시간 후에는 자리로 돌아온다. 그 사이에 무슨 일을 했는지는 아무도 모른다. 아니, 몰라야 한다. 가끔 섬세하지 못한 사람들로부터 뭘 하고 왔냐는 질문을 받으면, 그들은 지인과 밥을 먹었다는 상식적인 답변이나 애매한 웃음만을 남길 뿐이다.

나는 대부분의 직장인들이 연료를 구겨 넣거나 친목을 도모하며 보내는 점심시간을 자신만의 것으로 확보하여 매일 성실하게 굴려 나가는 이들에게 호감을 느낀다. 충분하지 않은 시간을 충만하게 사용하기 위해 단호하게 돌아서는 이들의 뒷모습이 섭섭하지 않다. 이것이 쉽지 않은 일이라는 걸 잘 알기 때문이다. 원만함이 최고의 미덕인 한국의 조직에서 유별난 사람이 되기보다 그냥 점심 한 끼 함께하는 게 더 쉽다. 어딜 다녀왔느냐, 왜 밥을 혼자 먹느냐는 매일 똑같은 질문에 매일 똑같은 대답을 성의 있게 내놓는 것보다는 그냥 점심 한 끼 함께하는 게 더 쉽다. 건물 앞에 우르르 모여 담배 정치와 커피 타임을 이어나가는 무리를 지나쳐 혼자 있을 수 있는 공간을 찾는 것보다는 그냥 그 안에 포함되는 쪽이 더 쉽다. 큰일을 도모하기에는 너무나 짧은 1시간을 쪼개고 또 쪼개는 것보다는 그냥 대충 때우는 시간쯤으로 여기는 쪽이 더 쉽다. 이런 어려움 속에서도 매일같이 사라지는 사람들에게는 무언가 절실한 것이 있을 것 같다.

그것은 유한한 시간에 대한 절실함일 것이다. 퇴근 후에는 곧장 육아의 세계로 진입해야 하는 누군가에게는 오롯이 자신을 위해 쓸 수 있는 시간이 점심시간 밖에 없을 것이고, 직장을 다니며 소설을 쓰는 누군가에게는 한낮의 맑은 정신으로 자신과 마주할 수 있는 1시간이 귀할 것이다. 낮 시간에만 거래 가능한 주식장에 몰두하고 있는 사람일 수도 있다. 단순히 식욕이 사라진 사람일 수도 있지만.

사정이 뭐가 됐든, 사라지는 사람들은 홀로 있는 시간을 해독제로 여기는 사람들이다. 숨 쉴 틈 없이 몰아치는 일과의 한복판에 잠시 호흡을 고를 수 있는 여백을 만든 사람들이다. 개인으로서의 정체성이 흐려지는 단체생활에서 자유의지로 움직일 수 있는 여지를 남겨놓은 사람들이다. 일과 중 1시간이라도 있는 그대로의 자신의 모습으로 돌아가 에너지를 비축할 회복 환경을 구축한 사람들이다.

그리하여 사라지는 이들은 결코 외롭거나 지루해 보이지 않는다. 궁금하지만 들여다볼 수 없는, 결코 들여다봐서도 안 되는 그 세계를 즐거운 기분으로 상상한다. 결국 하고 싶은 말은 하나다. 1시간은 너무 짧다. 우리에게는 더 긴 점심시간이 필요하다.

내밀 예찬

결혼 전 남편은 종종 나의 '누락의 말하기'를 지적하곤 했다. 세상의 모든 연인이 그러하듯이 우리도 그날 있었던 일들을 시시콜콜 나누며 하루를 마무리하곤 했는데, 그의 '시시콜콜'과 나의 '시시콜콜'은 수위가 조금 달랐던 것이다. 그의 말을 듣고 나서야 내가 노출하는 정보에 누락이 있다는 사실을 깨달았다. 그러니까, 나는 다 말하지 않았다. 대부분의 경우에는 굳이 말할 필요가 없을 것 같아서였지만 가끔은 고의적인 누락도 있었다. 음흉한 속내나 특별한 꿍꿍이가 있었던 것은 아니다. 나는 언제나 누구에게도 다 말하고 싶지는 않다. 결혼한 지 3년이 지난 지금, 그는 나의 '누락'에 별다른 신경을 쓰지 않는 눈치다. 서로에게 익숙해진 것일 수도 있고, 함께 살면서 자연스레 공유하게 되는 정보 값이 너무나 많다 보니 오히려 누락으로 생겨나는 공백을 반기고 있는 건지도 모르겠다.

개인적으로 쌓아온 누락의 역사는 길다. 나는 언제나 다 말하지 않는, 못하는 사람이었다. 시험 전날에 얼마큼 공부했는지 친구에게 털어놓지 않는 깍쟁이였고, 취업이나 이직 같은 중요한 일에 있어서도 출근 전날쯤 되어서야 부모님께 "내일부터 회사 나가요"라고 불쑥 털어놓았던 것 같다. 긴 여행을 다녀온 후에 어땠냐고 묻는 이들에게 흥미로운 여행담을 풀어 놓는 대신에 나쁘지 않았다는 취지의 궁색한 몇 마디를 변명처럼 남겼고, 회사 점심시간에 요즘 하고 있는 운동에 대한 이야기가 나왔을 때도 매일 밤 윗몸 일으키기를 30회씩 하고 있다는 사실을 고백하지 못했다.

솔직함이나 투명함은 많은 이들이 중요하게 생각하는 가치다. 다 말하지 않는 사람은 비난받기 쉽다. 어쩌면 필연적 오해며 마땅한 비판이다. '겸연쩍어서' 혹은 '부끄러워서' 우물쭈물하다 공유하지 못한 미완성의 프로젝트들이 완성되어 공개되었을 무렵, 주위 사람들이 느꼈을 복잡 미묘한 감정은 온전히 내가 책임져야 하는 몫이었다. 결혼이나 출산, 책 출간, 이직, 창업 등도 극소수의 사람들에게만 알리고 신속하게 진행했기에, 이후 오랜만에 만난 친구들에게 미안한 마음으로 이 사실을 알려야 했던 것이다.

그럼에도 불구하고 나는 결국 다 말하지 않는/못하는 사람으로 남았다. 별자리 신봉자인 한 친구는 내가 '자기 영역을 고수하는 신비주의자'인 전갈자리의 전형일 뿐이라고 말하기도 했다. 자신의 주위에 유독 답답한 전갈자리들이 많다고 투덜거리며 말이다. 전갈자리들만 모여 있는 행성에서는 군데군데 이가 나가고 듬성듬성 여백이 있는 '누락의 말하기'가 공식

언어로 사용될지도 모른다.

얼마 전부터 수전 손택의 《다시 태어나다》를 읽기 시작했다. 수전 손택의 개인적인 일기를 묶은 이 책은 나에게 의외의 즐거움과 괴로움을 동시에 안겨주었다. 14세부터 30세까지의 어린 수전 손택이 쏟아낸 내밀한 이야기들은 매우 날 것이기에 흥미로웠지만, 동시에 이제는 고인이 된 일기의 주인이 과연 원하는 일일지에 대한 의구심을 지울 수 없었다. 중학교 2학년 때 쓴 일기를 괴로움 없이 공개할 수 있는 사람은 많지 않을 것이다. 자의식 강한 예술가라면 더욱 그렇지 않을까? 이것이 내가 고인이 된 작가의 개인적 기록이나 미발표 유작을 좀처럼 마음 편히 즐기지 못하는 이유다. 이야기의 생생함보다 원저자의 심경에 더 감정이입이 되어버리는 것이다. 중학교 때까지 친구와 주고받은 교환 일기, 비밀번호를 잊어버려 접속하지 못하고 있는 싸이월드 다이어리, 지금 이 순간에도 나의 휴대폰 메모장에 담겨 있는 무의미한 끄적거림들. 이 중 어느 하나라도 세상에 공개된다면? 상상만으로도 공포스럽다.

같은 맥락에서 코로나 시대에 감염만큼이나 현실적으로 다가온 공포는 동선을 비롯한 사생활 폭로였다. 감염자의 모든 동선이 생생히 공유되었던 코로나 초기에 내가 사는 지역에서는 매일 같은 김밥집에 들른 확진자의 동선이 공개되었다. 나는 한동안 그 김밥집 앞을 지날 때마다 "얼마나 맛있는 김밥집인지 나도 한번 가보고 싶다"는 인터넷상의 농담과 매일같이 편의점과 김밥집만을 오간 동선이 만천하에 공개되며 순식간에 초라해진 사람의 심경을 번갈아 떠올렸다. 당시에는 누구나 한번쯤 '만약 나의 동선이 공개 된다면?'이라는 상상을 해보았을 것이다. 그 생각의 끝이 언제나 오싹한 이유는, 남들에게 말 못할 장소를 방문했다거나 떳떳하지 못한 만남을 가졌기 때문이 아니다. 아무리 별것 없는 사생활이라도, 그것이 사생활이 아닌 것은 아니다.

물론 누군가는 14세 때 이미 죽음 이후의 세계와 이상적 국가의 형태에 대해서 사유하고 있는 지성인의 사적 기록은 유의미하다고 말할 수도 있다. 또한 《다시 태어나다》를 편집한 수전 손택의 아들 데이비드 리프는 나보다 훨씬 더 중차대한 고뇌의 시간을 보냈을 것이다. 그의 고민은 무려 9페이지에 걸친 서문에서도 드러난다. 그는 이 글을 통해 어머니의 사적인 기록을 발췌하고 출판하는 과정에서 겪은 괴로움에 대해서 털어놓는다. 망설이고, 회피하고, 두려워하다가 다시 스스로를 납득시키고, 결국에는 이 책을 출판하기로 결정한 후 이렇게 말한다.

> "남은 것은 고통과 야심이다. 이 일기는 그 사이에서 진자 운동을 한다. 어머니는 일기가 공개되기를 바랐을까? (중략) 내가 아는 것이라고는 독자이자 작가로서 어머니가 일기와 편지 들을 사랑했다는 사실, 내밀한 내용을 담고 있을수록 더 사랑했다는 사실이다. 그러니 아마도 수전 손택이라는 작가는 내가 한 일에 찬

성했을 것이다. 어쨌거나, 그러길 바란다."

독자인 우리 역시 어쨌거나 그러기를 바라는 마음으로 이 책을 읽을 수밖에 없다.

그는 이 일기에 '자신에게는 고통이 되는 이야기들, 차라리 몰랐으면 좋았을 이야기들, 다른 사람들도 모르기를 바라는 이야기들'이 수두룩하다고 말한다. 누구라도 엄마의 일기를 읽으면 이상한 기분이 되어버릴 것이다. 왜냐하면 그 일기의 주인공은 내가 아는 사람과는 거리가 멀기 때문이다.

내가 무척 좋아하는 김보라 감독의 영화 〈벌새〉에는 주인공이 집 밖에서 우연히 마주친 엄마를 오랫동안 바라보는 장면이 있다. 아무리 불러도 엄마는 돌아보지 않고, 어쩐지 공허해 보이는 엄마의 옆얼굴은 완전히 낯선 얼굴이다. 이 장면은 우리가 가장 잘 안다고 생각하는 가족 구성원에 대해서 잘 알지 못한다는 것을 말해준다. 오히려 심각하게 오해하거나 편의상 왜곡하곤 한다. 그럼에도 불구하고 '잘 안다'는 믿음을 버리지 못한 채 희생과 폭력의 가능성을 열어놓는다. 그렇다면, 차라리 우리가 서로를 잘 알지 못한다는 사실을 인정하는 편이 낫지 않을까? 모든 사람은 어찌하려야 어찌할 수 없이 크고 작은 비밀을 가지고 있다는 것을 말이다.

우리는 지금 비밀이 적은 시대를 살고 있다. 국가는 그 어느 때보다 막강한 지배력을 가지고 나의 개인정보를 관리하고 있고, 나에 대해 가장 많이 알고 있는 이는 디지털 기업인 것 같다. 내가 새로운 식탁을 구입하고 싶다는 사실을 동거인은 아직 알지 못하지만 쿠팡 사업자는 이미 알고 있다. 누가 시키지는 않았지만 스스로 오픈한 개인 SNS 계정에서 하루에도 몇 번씩 무엇을 노출하고, 무엇을 은폐하며, 무엇을 극적으로 드러낼지를 판단해야 하는 환경에서 누구나 어느 정도는 관종이 될 수밖에 없는 듯하다. 우리는 오로지 타인의 관심을 얻기 위해 나의 일상을 전시하고, 혼자 아는 편이 나은 진실을 털어놓는다. 이에 대한 해독제는 역시나 비밀이 있는 삶에 있는 것 같다.

돌이켜 생각해보면 내가 그다지 말하고 싶어 하지 않는 주제는 주로 내가 소중하게 생각하는 일들과 관련이 있었다. 누구나 해봤을 법한 여행지에서의 경험이나 기말 고사를 위한 노력 등, 입 밖으로 꺼내면 참으로 별것 아니지만 나에게는 의미가 있는 일들을 휘발시키거나 훼손하지 않고 온전히 보관하려면 나만의 비밀로 남겨두어야 했기 때문이다. 지구에서 나 혼자만 알고 있는 완전무결한 비밀이 있다는 것은 삶을 안전하고도 신비롭게 만들어준다.

재택의 기쁨과 슬픔

요즘 나는 재택근무를 하는 친구들을 부러워하고 있다. 이미 출근할 일이 없는데도 왠지 모르게 부럽다. 그래서 친구들에게 연락이 오면 몇 번씩이나 묻는다. "아직도 재택 중이야? 언제까지 안 나가도 된대?" 크고 작은 고통이 고이는 일요일 밤, '아프지 않을 만큼의 사고가 나서 딱 일주일만 회사에 안 나갔으면 좋겠다'는 소망을 가져보지 않은 직장인이 있을까. 나 역시 무수히 많은 일요일 밤을 베갯잇을 적시며 보내면서도 한편으로는 내가 회사에 모습을 드러내지 않으면 업무가 마비되는 줄 알았다. 그러나 내가 아는 거의 모든 직장인들이 집에서 일하기 시작해도, 일주일쯤일 줄 알았던 재택근무가 몇 달간 이어져도, 업무가 마비되거나 회사가 망하거나 세상이 뒤집어지는 일은 일어나지 않았다. 지난 2년은 우리 모두가 이 사실을 알게 된 시간이었다.

분명히 어떤 업무는 출근해서 진행할 때 좀 더 효율적이고, 사람과 사람이 만나야만 나올 수 있는 스파크와 아이디어가 있다. 현재 많은 기업이 생산성을 우려하고 있다. 하루 빨리 생산라인을 재정비해야 한다는 목소리가 높다. 그러나 대면 업무와 관계를 최소화했을 때 좀 더 생산적일 수 있는 사람이 있다는 것도 분명한 사실이다. 나 역시 그랬으니까.

야근이 많은 회사일수록 구성원들끼리 끈끈하다는 것이 아주 틀린 이야기만은 아니다. 하루 두 끼를 함께하고, 가끔은 야식까지 함께하는(그러니까 총 세 끼) 환경에서 좋은 친구들을 많이 만났지만, 우리가 동료를 넘어 친구가 될 수 있었던 이유는 온갖 비상식적인 일들과 곤란한 상사들을 함께 견뎌냈기 때문이기도 하다. 요즘도 우리는 만나면 무수히 많은 에피소드를 복기하며 낄낄대는데, 사실 당시에는 전혀 재미있지 않은 사건들이었다. 회식 후 노래방으로 향하는 대열에서 슬쩍 이탈한 날에 택시 안에서 끊임없이 걸려오는 전화를 덮어 두던 일. 그리고 다음 날 일찍 출근했음에도 불구하고 노래방 불참을 이유로 눈총받던 일. 임원의 생일 선물 품목을 정하기 위해 퇴근 시간 이후에 마련된 회의시간에서 눈빛을 교환하던 일. 파티를 좋아하는 회장의 집에 초대받아 무료하게 햄버거를 씹던 일(정원에서 햄버거 패티를 굽고 있던 분은 알고 보니 우리 회사 상무님이었다). 좀처럼 결정을 내리지 못하는 상사의 컨펌을 받기 위하여 온갖 궁리를 하던 일. 지극히 단순한 논리로 생산성의 영역과 비생산성의 영역을 따지는 사측의 언어로 말해봐도, 이러한 일들에 시간과 감정과 에너지를 소모하는 것은 정말이지 비생산적이었다.

이와 같은 특수한 상황이 아니더라도 모두가 자리에 앉아 있는 상황에서 클라이언트의 전화받기, 상사의 차를 타고 외근

나가기, 그 차가 교통 정체에 갇혀 있을 때 적당한 대화로 공백 매우기, 다양한 종류의 미팅과 회의와 발표 등 회사에서 숨 쉬듯 일어나는 일들이 힘든 사람이 있다. 왜 힘드냐고 묻는다면 할 말은 없지만 그냥 힘들다. 그래서 나는 회의실에서 많은 시간을 보냈다. 블라인드 내린 회의실에서 뒤죽박죽된 머릿속의 서랍을 정리하거나 다른 사람들 앞에서 하기 어려운 통화를 하고, 종종 낮잠을 자기도 했다. 이러한 '자기 달램'의 시간을 가지고 나면 좀처럼 풀리지 않던 일이 해결되기도 했으니, 회의실에서의 나는 꽤나 생산적이었다.

온전히 내향적이기만 한 사람도 외향적이기만 한 사람도 없듯이, 오롯이 생산적이기만 한 시간도 비생산적이기만 한 시간도 없다. 생산성을 만들어내는 것은 결국 개인들이고, 개인들의 성향과 상황은 참으로 다양한 층위를 지녔다. 대화가 아닌 침묵에서 새로운 발상을 하는 사람도 있다. 가끔은 이탈이 전진의 기회가 되기도 한다. 다양한 활동을 혼자 하는 것에 익숙한 이들은 자신만의 리듬을 지니고 일하는 것에 능숙하다. 스스로 연결과 분리를 선택할 수 있는 환경에서만 일의 리듬은 만들어진다. 누가 시키지 않아도 알아서 자기가 할 일을 하는 사람들이 생각보다 많다는 것을 상기해보면, 집단의 생산성을 높이기 위한 좋은 방법은 개인들이 비생산적일 수 있는 시공간을 가능한 한 많이 확보하는 것인지도 모르겠다.

그런 점에서 전 세계가 재택근무 실험 중인 요즘이 일면

흥미롭다. 수렵 사회에서 농경 사회로의 전환만큼이나 거대한 변화의 물결 속에서 엉겁결에 줌 앞에 앉게 된 사람들은 저마다의 방식으로 생산성을 탐구하고 있다. 하루의 타임라인을 뒤엎어 불필요한 낭비를 줄이고 일과를 효율적으로 운용할 수 있는 스케줄을 짠다. 업무 시간 동안 양말을 신고, 퇴근 시간이 되면 양말을 벗는 재택 플로우를 만들었다는 누군가의 의식은 신성하기까지 했다. 재택근무로 인하여 배달 어플 사용이 잦아진 사람이 있는가 하면 식생활을 업그레이드 하여 건강하고 아름다운 런치 플레이트를 인스타그램에 올리는 사람들도 많다. 예상 외의 난제로는 고양이가 있다. 알다시피, 그들은 세상에서 가장 사랑스럽지만 결코 내 뜻대로 되지 않는 존재니까. 대다수의 사람들은 화상으로 진행되는 회의에 동료의 고양이가 함께하는 것을 이미 받아들인 상태다.

물론 이보다 진지하고 중요하며 해결하기 어려운 문제들도 산재해 있다. 집에서 일할 공간을 확보할 수 없는 개인들의 근무 환경은 누가 보장하나? 일과 사생활의 분리는? 화상 회의를 빙자한 온라인 감시는? 끊임없이 울려대는 메신저는? 분명히 야근을 했는데도 야근 수당을 올리기 눈치 보이는 이유는? 누구도 가이드라인이 없는 혼란의 시대다. 그럼에도 불구하고 재택근무 실험은 몇 가지 화두를 던진다. 우리가 강박적으로 쫓고 있는 생산성이란 과연 무엇인가? 우리가 회복해야 할 노동의 리듬감은 무엇인가? 자유의지를 기반으로 설계해볼 수 있는 일은 무엇일까? 무엇보다, 코로나 이후의 우리가 과연 출근길의 형벌과 불필요한 대면 업무를 참아낼 수 있을까?

얼마 전 친구에게 물어볼 것이 있어서 전화를 걸었더니 그는 태연하게 회의 중인 동시에 요가 중이니 나중에 전화하라고 말했다. "회의하면서 요가해도 돼?" "괜찮아, 필요한 말은 다 듣고 있어." 계약직 프리랜서의 형태로 집에서 일하고 있는 친구는 줌 회의가 지나치게 많아지는 통에 자신과 직접적으로 관련이 없는 회의시간에는 수련을 겸하기 시작했다고 한다. 물론 비디오를 끈 상태로. 정신이 아득해지는 회의시간에 문을 열고 나가버리는 상상을 얼마나 많이 했던가. 나의 경우에는 숨을 쉬기 위해서 야근 중에 잠시 탈출해서 요가원에 다녀오기도 했는데, 친구는 이를테면 사무실 바닥에 직접 요가 매트를 깐 셈이다. 윗분들이 알게 되면 물론 노여워하겠지만, 좀처럼 빠져나올 수 없는 미궁이 만들어지기 시작한 부장님의 말씀 안에서 똬리를 틀고 아기 자세로 이완하고 있을 친구의 모습을 상상하니 조금 웃음이 났다. 다 함께 뒷목을 잡는 장소에서 나와 딱딱해진 근육을 유연하게 만드는 것이 좀 더 생산적인 날도 있지 않을까?

사실 육신을 사무실에 고정시키고 무수히 많은 일을 헤쳐 나가야 하는 회사생활에서, 사람들은 이미 앉은 자리에서 정신을 유연하게 만드는 자기만의 기술이 있는 듯하다. 회의시간에 낙서하기, 업무와 상관없는 인터넷 서핑, 피할 수 없는 회식을 부족한 단백질 섭취의 날로 정하기 등. 나는 이런 류의 정신 승리를 좋아한다. 노발대발하는 클라이언트에게 90도로 사과 인사를 하는 김에 손끝을 쭉 뻗고 '이 참에 스트레칭한다'고 여기는 마음가짐이 필요한 순간이 있다. 그러나 이처럼 대범한 마음을 가지는 것은 참으로 어려운 일이다. 관계로 위장한 위계와 소통의 이름으로 행해지는 소란으로 인하여 내상을 받는 일이 잦은 사람이라면 더더욱. 부디 재택근무가 끝난 후에도 내성적인 사람들이 정신을 스트레칭할 수 있는 장소가 마련되기를 바란다.

무표정의 아름다움

오늘 아침, 콘텐츠 기획자 황효진님이 인스타그램에서 이런 질문을 던졌다. "분명히 전문적인 역량인데 전문성으로 인정받지 못하는 소프트 스킬, 뭐가 있을까요?" '유머와 재치' '존버' '요약의 기술' '다정함' '일을 벌이는 능력' 등 다양한 답변들이 올라왔지만 그중에서도 내가 웃음을 터뜨린 것은 누군가의 이 대답이었다. "표정 관리요."

'저이는 도대체 무슨 생각을 하고 있는지 모르겠다'는 말을 종종 듣는 사람들이 있다. 상사에게 욕을 먹어도, 새로운 프로젝트를 따내도, 출근을 할 때도 퇴근을 할 때도, 화장실에 들어갈 때도 나올 때도, 대체로 한결 같은 표정과 태도의 사람들. 교감이나 관계 맺기와 같은 영역에서는 조금 더 먼 길을 돌아가야 할지도 모르겠지만 대신 이들은 자유를 얻는다. 나의 기분을 알리지 않을 자유. 거절 앞에서 난처해하지 않을 수 있는 자유. 상하복명 체제 안에서도 영혼을 위한 공간을 남겨둘 자유. 그것이 오늘의 점심 메뉴 같은 시시콜콜한 생각을 할 때라도 말이다. 생각보다 많은 일이 기분과 감정을 배제했을 때 좀 더 수월하게 진행된다는 것을 생각해보면 일터에서의 표정 관리는 분명히 전문적인 영역이다.

나도 무표정하고 싶다. 저녁 식사에 초대받아서 뚱한 얼굴로 입을 꾹 닫고 앉아 다른 사람들을 미치게 하겠다는 이야기는 아니다. 내가 생각하는 어른의 포커페이스는 미숙한 퉁명스러움이라기보다는 성숙한 단호함에 가깝다. 군더더기 없이 단정한, 친절하면서도 엄정한, 재밌지만 우습지는 않은 사람의 포커페이스를 나도 가지고 싶다. 물론 시도해보지 않은 것은 아니다. 그러나 수치심을 느낄 때 나의 얼굴은 너무 쉽게 뜨거워졌고, 나의 무표정은 종종 단호함이라기보다는 근심이나 피로감으로 읽혔다. 컨디션이 제법 좋은 날에도 "오늘 많이 피곤해 보이네"라는 이야기를 들었던 기억이 난다.

여성들은 성장 과정에서 여자가 남자보다 감성적이라는, 혹은 일을 할 때도 감정이입을 잘한다는, 비난인지 칭찬인지 모호한 말을 수도 없이 듣고 자란다. 쉽게 표정을 드러내지 않는 것은 이러한 생각이 지배적인 사회에서 살아가며 나를 지키기 위한 한 가지 방법일 것이다.

때때로 남을 지키기 위한 표정 관리가 필요할 때도 있다. 컴퓨터를 보고 있는 뒷모습에서부터 불편한 심기를 드러내며 사무실의 공기를 무겁게 만드는 사람이 나의 상사라면? 나는 좀처럼 곁을 내주지 않더라도 무슨 생각을 하는지 모르겠는 상사가 낫다고 생각한다. 물론 세상에는 다정하면서도 적당한 거리를 지키는 어른스러운 사람들도 많지만 말이다.

직장이 아닌 집에서도 우리는 종종 표정 관리를 한다. 세상으로부터, 사랑으로부터, 혹은 타인으로부터 받은 크고 작은 모멸의 감정을 가족에게 드러내지 않으려고 안간힘을 쓴 경험이 누구에게나 있을 것이다. 나의 상처가 곧 그들의 상처일 수 있는 관계에서, 우리는 종종 우주의 모든 힘을 끌어 모아서 아무렇지 않은 표정을 짓는다.

또한 자신은 웃지 않으면서 남을 웃기는 사람들도 있다. 사실, 자신이 먼저 웃어버리는 사람은 결코 남을 웃길 수 없다. 실실 웃으면서는 말의 의도를 감출 수 없고, 허를 찌를 수도 없으니 말이다. 그래서 훌륭한 코미디언들은 대부분 무표정의 고수들이다. 이를테면 '코미디는 진지한 일이다'라는 믿음을 가졌던 버스터 키튼 같은. 대학 시절에 보았던 흑백 무성 영화들 속에는 세상에 그런 무표정도 없는 무표정을 한 채 결코 웃지 못할 인생을, 그 인생 자체의 아이러니를 통해 웃음을 만들어내는 허여멀건 하고 왜소한 사내가 있었다. 다양한 감정을 품고 있는 그의 무표정한 얼굴은 기쁨과 슬픔, 웃음과 눈물이 결국 한 궤에 있다는 것을 보여준다.

그러나 세상의 많은 무표정 중에서도 가장 아름다운 것은 집중하는 사람의 무표정이 아닐까. 컬링계의 '안경 선배', 김은정 선수의 한결 같은 얼굴처럼 말이다. 기쁠 때, 슬플 때, 아쉬울 때, 분노할 때, 용기를 낼 때, 환희할 때, 짜증날 때, 바나나를 먹을 때 등 어떤 상황에서든 한결 같은 김은정 선수의 얼굴은 일종의 밈(이 '짤'에서 단 하나의 다른 표정은 "영미야!"를 외칠 때다)이 되어 인터넷 세상을 떠돈다. 이번 베이징 동계올림픽에서는 완전히 다른 그의 얼굴을 잠깐 볼 수 있었는데, 바로 자신의 아이가 컬링장에 나타났을 때다. 우리에게 익숙한 위엄이 한순간에 해제되는 아름다운 장면이었다.

언제나 한결같이 의연한 얼굴의 김연아 선수가 어느 인터뷰에서 했던 말도 생각난다. "경기 중의 표정이나 감정 표현은 반복된 훈련의 결과일 뿐, 경기 상황에서 음악의 정서에 실제로 빠져드는 것은 불가능해요." 평상시에 덤덤한 얼굴의 그녀가 음악이 클라이맥스에 다다를 때쯤 보여주는 표정들에 압도당했던 기억이 생생한데 이 또한 무한한 훈련의 결과라는 것이다. 언제나 프로의 세계는 나의 상상을 가뿐히 뛰어넘는다. 우아하고 강인한 무표정을 만들어낸 그들의 무수한 자기 수련의 시간에 경이를 표한다.

말과 시간의 연주자들

어린 시절 기억 중에 스피치 학원에 다니는 아빠가 있다. 출근 전에 학원에 들르기 위해 새벽같이 일어나던 아빠의 모습이 생각난다. 아빠가 사람들 앞에 서는 걸 싫어하고 실제로 '스피치'와 비슷한 걸 해야 하는 날에는 등에서 식은땀이 나는 체질이라는 사실을 나중에야 알았다. 말을 하지 않으면 생존할 수 없는 사회에서 살아남기 위해 아빠는 말하는 법을 알려주는 학원에 다닌 것이다. 그리고 반장을 도맡던 오빠와 달리 구석으로 파고드는 재능을 가진 나에게도 아빠는 그 학원을 권했다. 물론 나는 거부했지만.

당시 시내버스에는 직장인들을 대상으로 하는 스피치 학원 광고가 붙어 있었다. '세 치의 혀가 인생을 좌우한다'와 같은 카피가 적혀 있는. 좀 더 어린 시절로 거슬러 올라가면 웅변 학원에 다니는 친구들도 있었다. '아직도 스피치 학원이 있을까'라는 호기심으로 잠시 검색해보았더니 요즘도 있다. '자신감 있게 말하는 법' '불안한 시선을 처리하는 법' '섬세한 멘탈을 관리하는 법' 대략 이런 것들을 가르친다고 광고하고 있다. 매우 구미가 당기는 커리큘럼이긴 하다. 그런데 요즘의 스피치 학원은 누가 다니고 있을까? 스스로의 목소리와 일상을 공유하는 것이 익숙한 세대에게도 스피치 학원은 필요할까? 어쩌면 우리 시대의 스피치학원은 유튜브 그 자체가 아닐까? 스스로 마이크를 꽂고 카메라를 설치한 후 곧장 실전에 투입되어야 하는 유튜브라는 스파르타식 학원에서 우리에게 요구하는 자기 PR과 퍼스널 브랜딩의 능력은, 스피치보다 훨씬 더 큰 덩어리의 무엇이다. 이 거대한 미션 앞에서 말하기쯤은 숨 쉬듯 수월하게 해내야 한다. 실제로 많은 이들이 멋지게 해내고 있다. 그럼에도 나는 여전히 스피치학원에 다니고 싶지 않다.

요즘 수요일마다 올라오는 난다 작가님의 웹툰 〈도토리 문화센터〉를 꼭 챙겨서 본다. 사군자·수예·시 쓰기 교실 등의 수업이 열리는 문화센터를 배경으로 하는데, 저마다의 사연으로 이곳에 '고이게' 된 인물들이 하나 같이 웃기고 귀엽고 사랑스럽다. 시간 많음, 목표 없음, 누군가의 입장에서는 전혀 이해가 되지 않을 무용하고 비생산적이며 널널한 취미 활동의 세계. 자애로운 사군자 교실 선생님은 이렇게 말한다. "이유는 없어도 좋아요. 한번 해볼까, 그거면 충분해요. 언제든 그만두면 되는 거예요. 취미라는 게 그래서 좋은 거랍니다. 포기해도 상처가 없지."

이 만화를 보면서 카페에서 종종 마주치던 뜨개질하는 사람들, 동네 수영장과 YMCA 요가교실에서 마주했던 얼굴들, 작은 동네 서점을 꽉 채운 북토크 자리, 엘리베이터가 미어터질 것 같던 금요일 저녁 한겨레교육 센터의 풍경 등이 스쳐 지나갔다. 20대 여성이든 60대 남성이든, 직장인이든 퇴직자든, 끊임없이 무언가를 배우고 손을 움직이며 비생산적인 생산의 시간을 일과에 끼워 넣는 사람은 생각보다 많다.

아빠도 지금쯤 동네 문화센터의 VVIP 회원이 되었을 것이다. 퇴직 후 아빠는 스피치 학원 대신 드럼, 사진, 서예, 캘리그라피, 댄스, 일본어 등 끊임없이 무언가를 배우러 다녔다. 아빠에게 그렇게 왕성한 배움의 욕구가 있다는 것에 놀랐고, 나로서는 쉽게 그려지지 않는 '열정적으로 드럼을 치는 아빠'나 '댄스 교실에서의 아빠'의 모습을 상상하다가 포기하기도 했다. 드럼과 댄스와 스피치는 아빠의 성향과 썩 잘 어울리지 않는다는 공통점이 있지만, 내 눈에는 스피치학원에 다니는 아빠보다 문화센터에 다니는 아빠가 좀 더 편안해 보였다.

유용할 수 있는 시간이 많아진 이들이 시간을 보내는 법을 눈여겨본다. 어쩌면 영원히 퇴직자도 아니고 직장인도 아닌 시간을 살아갈 수도 있는 우리들의 삶에도 힌트를 주는 바가 있기 때문이다. 엄마는 조용히 홀로 있는 시간을 좋아하기에 결코 문화센터에는 가지 않는다. 아빠의 드럼과 유사한 엄마의 활동으로는 책 읽기와 메모가 있다. 엄마는 평생 동안 직장에 다니느라 쓸 수 있는 시간이 많지 않았지만, 예나 지금이나 항상 무언가를 읽거나 기록을 남기고 있다. 수첩에 적혀 있는 내용이 무엇이든 상관없을 것이다. 메모라는 활동 그 자체에 의미가 있다. 자신의 시간을 온갖 방식으로 가족들에게 쏟는 엄마가 무언가 적고 싶은 것이 생겨서 수첩을 펴는 순간이 영원만큼 길었으면 한다.

한편 나의 친한 친구의 어머니는 야구 경기 시청을 사랑하신다. 또한 게임에 몰두하여 많은 시간을 보내신다. 한동안 외국에 있다가 돌아온 친구는 귀국하는 날에는 그래도 엄마가 차려준 밥을 기대했다고 투덜댔다. 엄마의 수제비가 먹고 싶어도 수일 동안 설득해야 간신히 먹을 수 있다고 말이다. 야구와 게임이라는 동굴 속에서 많은 시간을 보내며 사회가 기대하는 역할을 멋지게 거부하는 그분의 이야기를 전해 들으면 왠지 모르게 기분이 좋아진다. '오늘도 밥상에 올라온 흰 가래떡'을 종종 농담의 소재로 삼으며 "찍어 먹을 꿀도 주지 않았다"는 말을 덧붙이는 친구도 사실 엄마의 시간 사용법이 흥미로운 눈치다. 나도 아빠의 드럼이나 엄마의 메모에 비슷한 감정을 느낀다.

어둠 사용법

다양한 발신자들이 보내는 메일링 서비스가 활성화됐을 무렵, 나는 이 구독 서비스가 나를 위한 것이라는 사실을 바로 알아차렸다. 잠자리에서 무언가를 읽고 싶어 하는, 그러나 책을 읽는 시간이 점점 짧아지는, 영상과 유튜브의 문법에 좀처럼 익숙해지지 않는 사람에게 당일 배송되는 부담스럽지도 아쉽지도 않은 길이의 텍스트. 그것이 누군가의 하루가 적힌 구독형 에세이든, 볼 만한 신간을 골라주는 큐레이션 서비스든, 세상사의 일부분을 일목요연하게 정리해주는 뉴스레터든, 한 편의 완성된 글로 전달되는 메일에는 맥락과 서사가 있다. 누구도 의심하지 않는 영상의 시대에 굳이 '글쓰기'라는 도구를 택한 이들답게 4B 연필로 꾹꾹 눌러 쓴 듯한 양질의 콘텐츠가 대부분이다. 이런 콘텐츠를 공짜로, 혹은 이 정도의 돈만 지불하고 받아봐도 될까 싶은 생각이 들 때가 많다.

그리하여 지금 나는 그 수가 파악이 안 될 정도로 무수히 많은 메일링 서비스를 구독 중이다. 그들은 나에게 오늘 하루를 고백하고 마인드풀한 삶을 권하고 세상을 브리핑하고 다른 의견을 전한다. 한마디로, 읽어야 할 것이 너무 많다. 이 메일들의 절반쯤은 자정 무렵, 즉 밤 시간에 도착하고 나머지 절반쯤은 동이 틀 무렵, 부지런한 이들이 하루를 시작하는 아침 시간에 도착한다. 글이 좋아서, 돈을 내서, 헤드라인에 혹해서 계속 읽다 보니 어둠 속에서 휴대폰 화면의 빼곡한 글자를 들여다보다가 눈알이 뻐근해질 무렵 잠들고, 새벽 6시쯤 휴대폰 진동에 어중간하게 깨서 다시 잠들지 못하는 날들이 많아졌다.

이러한 일상이 초래한 결과는 참으로 당연하게도 시력 감퇴다. 메일함에 도착하는 콘텐츠들은 여전히 훌륭하지만 눈이 많이, 아주 많이 나빠졌다. 평생 동안 렌즈를 낄 필요가 없었던 나로서는 갑작스레 흐릿해진 세상이 당황스럽기까지 하다. 물론 시력 감퇴의 원인을 온전히 메일링 서비스로만 돌리는 것은 부당한 일이다. 그동안 스크린 타임 대비 나쁘지 않은 시력을 유지할 수 있었던 것은 순전히 운이었고, 아무리 철이 더디게 드는 인간에게도 노안의 시간은 찾아온다.

점점 더 심해지는 눈의 피로를 견딜 수 없어서 새롭게 구입하게 된 물건은 수면 안대다. 드라마 속에서 실크 가운을 걸친 주인공이 하고 있을 법한 고급스러운 물건은 아니다. 쿠팡에서 로켓배송되는 온열 안대로, 14개에 1만 180원이며 분홍색 바탕에 꽃무늬가 그려져 있다. 재사용이 불가능한 제품이라 곧 대체품을 찾아봐야 할 것이다. 그런데 아직은 이 뜨끈함을 포기할 수 없어서 몇 번째 재주문 중이다. '육안으로 보이지 않는

은은한 증기가 눈가를 촉촉하게 만들어주어 건조한 눈에 스팀 효과를 주는' 이 수면 안대는 아주 천천히 따뜻해지고 미세하게 촉촉해져서 그 변화를 느끼려면 눈을 감고 가만히 기다려야 한다. 당연하게도, 아무것도 볼 수 없다.

두 눈덩이에서 조금씩 뜨끈함이 피어오를 무렵, 이처럼 온전한 어둠의 시간은 아주 오랜만이라는 사실을 깨달았다. 웬만한 의욕은 사라지고 각종 해석과 의견들이 무의미하게 느껴지며 내 일의 할 일이 선명하지 않은, 그러니까 조금은 멍청해진 상태. 메일링 중독자가 보내는 밤의 시간이 지극히 서사적이라면 이쪽은 시적인, 나아가 조금은 영적인 시간이다.

밤 시간의 풍요를 마음껏 즐겼던 시절들이 있었다. 아침이 오는 것이 싫어서 자는 것을 최대한 미뤘던 시기도 있고, 새벽 1시쯤은 초저녁처럼 느껴졌던 시기도 있으며, 잠이라는 건 얼마든지 포기할 수 있는 종류의 것이라고 생각했던 시기도 있다. 무언가를 보느라, 남은 일을 하느라, 내일 아침을 불안해하느라, 좋아하는 사람들이랑 노닥거리느라, 이 모든 밤 시간 동안의 나는 주로 분주했다. 자발적으로 만들어낸 불면의 나날들이었던 셈이다.

시인이자 영어 선생님인 나의 친구의 친구는 "불면은 일종의 권태다"라는 시적인 말을 한 적이 있다. 그의 말에 따르면 이 권태에서 벗어나기 위한 방법은 크게 두 가지인데, 첫 번째는 그 시간을 '남용'하는 것(게임을 하거나 책을 읽거나 음악을 듣거나 냉장고를 뒤져 남은 음식을 먹는 것 따위의 일들), 그리고 두 번째는 그 시간을 있는 그대로 '사용'하는 것(가만히 누워서 밤 시간이 제공하는 다른 생각과 다른 감각을 즐기는 것)이라는 거다. 첫 번째 방법은 내가 잘 아는 것으로, 체력 고갈이나 건강에 대한 걱정을 조금 덜 해도 되는 젊음의 시간과 어울린다. 두 번째 방법은 그동안 잘 몰랐던 것으로, 안구 건강이 부쩍 소중해진 지금부터의 내가 익숙해져야 할 방법일 것이다.

불면증이 심해서 잠을 자지 못하는 날이 많다는 시인은 평소에는 무심히 지나갔던 감각들을 예민하게 감지하며 밤 시간을 사용해보라고 권했다. 예를 들면 이불에 맞닿는 코의 감촉, 입안에서 느껴지는 맛, 방 안의 온도, 완전한 검은색도 아니고 선명한 파란색도 아닌, 밤부터 새벽까지 이어지며 조금씩 변해가는 어둠의 팔레트들을 감상하면서 말이다. 읽지 않은 메일들과 11시 전에 마쳐야 하는 장보기, 트위터 잔혹사와 메모장의 투두리스트에 대한 생각을 멈추고 어린 시절에 그랬던 것처럼 어둠 속에서 둥둥 떠다니는 실지렁이 형태의 형상을 쫓아다니다 보면 처음에는 밋밋하게 느껴지던 시간이 점점 더 입체적으로 느껴진다. 그리고 깨닫는다. 낮 시간의 나에게도 이런 시간이 필요하다는 것을 말이다.

오미크론 대확산으로 인해 주위 사람들이 하나둘 코로나에 감염되었을 무렵, 방에 격리된 친구는 이렇게 말했다. "아프긴 정말 아픈데, 정말 오랜만에 아무것도 하지 않고 누워 있는 것 같아." 또 다른 친구는 제발 좀 쉬고 싶은데 바이러스는 왜 자신만 빗겨 나가느냐고 투덜거렸다. 철없는 소리지만 이들의 생활을 대충 아는 나로서는 전 세계를 멈추게 한 질병으로 인해 기력과 후각과 전의를 모두 상실한 후에야 비로소 쉴 수 있었다는 말이 무슨 뜻인지 충분히 짐작할 수 있었다. 아침부터 밤까지 해야 할 일이 있고, 일을 하거나 사람을 만나지 않는 시간도 각종 '루틴'으로 채워놓은 이들은 좀처럼 쉴 시간이 없다. 아니, 쉴 시간이 있어도 쉬는 방법을 잘 모른다. 학창 시절부터 이어져온 크고 작은 미션들을 요리조리 통과하며 쉬는 것에 대한 공포를 배운 건지, 우리는 어느 새 아무것도 하지 않으면 불안하고 초조한 사람이 되어 있다.

나 역시 토요일 저녁에 멍하니 텔레비전을 보며 흘려보내는 시간이 달콤하면서도 미묘하게 고통스러운 사람이다. 주위에서는 "틈만 나면 누워 있는 네가 무슨 그런 사람이냐"고 반문할 수도 있다. 그러나 게으름이나 무기력 속에도 불안감과 초조함이 깃들어 있다는 사실을 나 스스로는 안다. 그리하여 밤 시간을 알차게 채워줄 볼거리를 부지런히 수집해온 것일 테다. 장기하의 일침이 필요한 시점이다. '가만 있으면 되는데 자꾸만 뭘 그렇게 할라 그래.'

나는 어린 시절부터 정전이 되는 상황을 왠지 모르게 좋아했다. 그건 사실 나만 느낀 감정이 아닐 듯하다. 야자 시간의 학교든, 직장이든, 집이든, 예기치 못한 상황에서 암전이 되고 모든 상황이 종료된다. 중요한 시험 전날이든, 저장을 해두지 않아서 하던 작업이 날아갈지도 모르는 상황이든, 집에 사놓은 양초가 없어서 퍽 곤란하든 아니든 간에, 복도로 몰려나온 사람들의 웅성거림과 투덜거림에는 약간의 해방감이 섞여 있었다. 공식적으로 아무것도 하지 않아도 되는 시간이 선포된 것이다. 그러나 언제나 그 시간은 너무 짧고, 전기가 들어온 순간 사람들은 신속하게 자신의 자리로 돌아갔다. 스스로 모든 상황을 종료시키고 어둠 속에서 자유를 누릴 수 있는 날을 상상해본다.

수치심을 위한 장소

어린 시절을 생각하면 떠오르는 장면 하나. 월요일 아침의 조회 시간, 상장을 받으라고 호명된 나는 교내 방송실에 들어간다. 운동장 대신에 방송실에서 아침 조회가 이루어졌고, 그 현장이 전 교실의 텔레비전으로 송출되고 있다. 그리고 내가 등장하는 순간 학교가 떠나갈 듯한 웃음소리가 터져 나온다. 방송실에 있던 선생님들도 간신히 웃음을 참고 있다. 방송실에서 나와 차가운 복도를 걸어서 우리 반까지 오는 길고 긴 시간 동안 각 교실에서는 킥킥대는 웃음소리가 끊이지 않았고, 나는 여전히 이유를 알지 못한다. 반에 도착했지만 도저히 교실 문을 열고 들어갈 용기가 나지 않는다. 그 이후의 기억은 페이드아웃. 뒷이야기가 궁금하지만 다시는 찾을 수 없는, 알고리즘이 추천한 콘텐츠처럼 기억 속에서 영영 사라졌다.

요즘도 가끔 궁금하다. 그날의 아침 조회 시간에 내가 실수한 것은 뭐였을까? 표정이 떨떠름했을까? 머리 모양이 괴상하거나 옷에 무언가가 묻어 있었을까? 자세가 엉거주춤했을까? 아니면 서 있을 곳을 찾지 못해서 우왕좌왕하다가 엉뚱한 자리에 서 있었을 수도 있다. 그 엉뚱한 자리가 하필 카메라의 코앞이라서, 나의 콧구멍이나 엉덩이가 대문짝만하게 전 교실에 송출되었을 수도 있었겠지. 그 나이대의 아이들은 콧구멍이나 엉덩이 같은 걸로도 박장대소하는 법이니까. 이런저런 상상을 해본들 그날의 정황은 알 수 없다. 문을 열고 교실에 들어가 마주하게 된 반 친구들은 어떤 표정이었는지, 그리하여 알게 된 진실은 무엇이었는지 등은 사회적 인간으로서의 성장을 저해하는, 지나치게 부끄러운 기억이었던지 자체적인 검열에 통과 하지 못하고 삭제되었다. 남아 있는 것은 옅은 수치심이다. 이 일은 내가 유독 두려워하는 어떤 일들을 설명하기 위한 훌륭한 자료가 된다.

사실 이 일 말고도 부끄러운 기억은 차고 넘친다. 더 이상 나와 함께 집에 가지 않겠다고 선언한 친구의 말을 이해하지 못하고 하교 후 친구를 기다렸던 일. 친구에게 쓴 편지가 반 전체에 공개되었던 일. 담임 선생님이 아파트 평수별로 학생들의 조를 나눴던 일. 집이 아닌 곳에서는 화장실을 사용할 수 없어서 벌어진 각종 문제들…. 이만한 일도 겪지 않고 성장한 사람은 없을 것이다. 그러나 그것이 아무리 별것 아닌 일일지언정 어린 시절의 어떤 경험들은 어른이 될 때까지 우리 주위에 얼씬거린다. 나의 주위에서 오래 살아남은 일들의 공통점은 수치심과 관련 있다는 것이다.

"선배처럼 수치심에 취약한 사람은 처음 봤어." 언젠가 친한 직장 동료가 나한테 했던 말이다. 수위 높은 감정 노동을 일상적으로 하는 직군의 분들 앞에서는 하기 부끄러운 말이지만, 모든 회사생활에는 어느 정도의 감정 노동이 포함된다. 그리고 나는 부끄러움과 당혹스러움, 긴장감이 뒤섞인 그 감정을 능숙하게 관리하기 어려워하는 편이었다. 모두가 앉아 있는 조용한 사무실에서 거래처 사람의 전화를 받을 때, 심지어 상대방이 영어로 말을 걸어올 때, 내가 본디 가진 것보다 한 톤 밝은 목소리로 상사와 대화할 때, 나의 명랑한 자아를 상사가 마음에 들어 할 때, 혹은 마음에 들어 하지 않을 때, 일한 것에 비해 너무 적은 돈을 받을 때, 10년 동안 일을 해도 통장에 돈이 모이지 않을 때 등 예기치 못한 상황에서 찾아오는 그 감정은 밀푀유를 이루는 페이스트리처럼 얇디얇은 한 겹의 감정이다. 그러나 차곡차곡 쌓아 올려져 제법 부피감 있는 덩어리가 된다.

수치심을 불러일으키는 것이 무엇인가를 생각해보았을 때, 많은 사람들은 자기 자신을 손가락으로 가리킨다. 종종 어린 시절의 경험을 떠올리는 나 역시 마찬가지일 것이다. 그러나 이것은 개인적인 문제만은 아니다. 김현경의 《사람, 장소, 환대》에서는 굴욕과 모욕을 가해자의 유무로 구분 짓는다. 모욕에는 언제나 가해자가 있지만, 굴욕은 그렇지 않다는 것이다. 그리하여 모든 사람이 서로 예의 바르게 행동하더라도 어떤 사람은 굴욕을 느낄 수 있다. 그에 따르면 "신자유주의하에서 모욕은 흔히 굴욕의 모습을 띠고 나타난다. 예고 없이 실직을 당할 때, 일한 대가가 터무니없이 적을 때, 아무리 절약해도 반지

하 셋방을 벗어날 수 없을 때 사람들은 굴욕을 느낀다. 하지만 이것은 모욕으로 느껴지지 않는다. 이론적으로 모욕은 구조가 아니라 상호작용 질서에 속하는 문제이기 때문이다." 이 글을 읽다 보면 우리가 학교나 직장에서 유독 수치심을 자주 느끼게 되는 이유를 이해할 수 있게 된다.

그렇다면 이 감정의 무게를 어떻게 덜어낼 수 있을까? 전문가들이 내리는 처방은 주로 다른 사람들과 대화를 나누라는 것이다. '공감'은 가장 강력한 해독제이고, 수치심을 느끼는 사람에게 가장 필요한 것은 자신의 감정을 털어놓는 것이라고 말한다. 그런데 나의 경우에 이러한 종류의 조언들은 잘 와닿지 않았다. 수치심은 지극히 사적이고 복합적인 감정이기에, 스스로의 '구림'의 역사를 어느 정도 알고 있는 나 자신마저도 지금 내가 왜 이런 사사로운 일에 얼굴을 붉히고 있는지 이해가 안 되는 순간이 많다. 당연히 말로 설명할 수 없다.

나 또한 이러한 감정을 겪고 있는 사람에게 경솔하게 개입하지 않으려고 주의한다. "우리 같은 사람들은…"이라는 말로 불쑥 치고 들어오는 공감(언제나 그와 나는 너무 다른 사람이다)이나 "내가 겪어 봐서 아는데 별일 아니다"와 같은 위로(언제나 그 일과 이 일은 같지 않다)에 대해서는 아무리 신중해도 모자라다고 생각한다.

그럴 때 나에게 필요한 것은 오히려 수치심을 처리할 장소였다. 직장인에게는 퇴근 후 홀로 지하철에서 이어폰을 끼고 있는 시간일 수도 있고, 사춘기를 지나고 있는 청소년에게는 누구에게도 공개되어서는 안 되는 일기장일 수도 있는, 완벽히 홀로 있을 수 있는 시공간 말이다. (어린 시절의 내가 통과하고 있는 감정들에 대해서 단 한 번도 캐물은 적이 없는 부모님은 이미 이 사실을 알고 있었는지도 모르겠다.) 이 장소에서 시간을 충분히 보내고 나면, 나를 괴롭히던 감정에 대한 이해는 한참 나중에야 찾아온다.

요즘 나에게 유용한 것은 에어플레인 모드의 시공간이다. 정확한 이유는 모르겠지만 부정적인 감정을 불러일으키는 SNS 포스팅을 보지 않기 위해, 이메일 피드백에서 잠시 벗어나기 위해, 타인과 직접적으로 연결되지 않고도 균열이 생기는 멘탈을 보호하기 위해 가끔 비행기에 타지 않고도 비행기 모양 아이콘을 클릭한다. 평상시에 걸려오는 전화가 많지 않고, 세상을 향한 소심한 거부를 해봤자 알아차리는 이도 없지만 일순간에 모든 것이 차단된 시공간에서 안정감을 느낀다. 그리고 다시 에어플레인 모드를 해제할 때쯤에는 모든 것이 한결 나아져 있다.

회복의 장소를 하나 더 발견했다는 사실에 기뻐해야 하는지, 수치심을 불러일으키는 트리거가 좀 더 복잡다단해졌다는 사실에 울적해해야 하는지 잘 모르겠다. 이제 우리는 누군가의 화려한 일상과 인스타그램에 흘러넘치는 돈이 많이 드는 행복을 시시때때로 마주하며 복잡 미묘한 감정을 느끼게 된 것이다. 어찌 됐든 간에 모처럼 전화를 건 누구라도, 나의 휴대폰이 꺼져 있다는 사실에 의아해하지 마시길. 그때 나는 아마도 회복 중일 테니까.

걷기의 예술

버지니아 울프는 《런던 거리 헤매기》라는 산문에서 자기만의 방에서 나와 거리로 스며들어가는 즐거움을 생생히 묘사한다. 자아를 떨쳐버리고 인생을 따돌릴 수 있는 가장 효과적인 방법은 산책인데, 산책에도 명분이 필요하다. 버지니아 울프는 '연필 사기'라는 귀여운 명분을 만들어 런던 거리를 헤맨다. 나의 경우에는 연필 대신 유모차 손잡이를 쥐고 있다. '음식물 쓰레기를 버리기 위해서'라는, 썩 귀엽지 않은 명분도 있다. 쓰레기 봉투는 아직 다 차지 않았지만, 여름이니까.

걷기가 취미인 적은 없었다. 오히려 어떻게든 걷는 시간을 줄이려고 애써왔다. 주차하기 어려운 강남 한복판에도 가끔 차를 끌고 나가고, 건강 앱이 제공하는 '오늘의 걸음' 수치는 애써 외면하는 식으로. 말하자면 나는 매일매일 규칙적인 산책을 해야 하는 개과 인간이라기보다 하루 종일 집에 있어도 큰 불만이 없는 우리 집 고양이에 가까운 인간이었다. 산책은 나보다 여유롭고 건강한 누군가의 취미로 여겼다. (사냥이라면 모를까!) 그러던 내가 요즘은 하루 두 번, 규칙적으로 산책을 한다. 그다지 여유롭지도, 건강하지도 않은 상태로.

출산 후 처음으로 외출을 한 날, 매일매일 투덜거리며 올랐던 집 근처의 언덕길을 걷는데 갑작스레 눈물이 났다. 태어나서 한 번도 박탈되어본 적 없는 이동의 자유가 사라졌음을 그제야 깨달았기 때문이다. 그 이후에 벌어진 일들은 다들 짐작할 것이다. 아직 다리에 힘을 주고 자리에서 일어나 걷는 감각을 깨우치지 못한 아이와 나는 공동운명체가 되었다.

얼마간의 시간이 흐른 후 우리는 어느 한쪽이 고통받지 않고 함께 평화로울 수 있는 시간을 간신히 찾아냈다. 우리는 머리를 멍하게 하는 높고 복잡한 소리와 환기를 시켜도 빠지지 않는 생활의 냄새, 부자유의 공기가 마구 뒤섞여 있는 집을 탈출해 어디라도 갔다. 산책의 방식은 '자유 주제'로, 아직 말을 하지 못하는 아이가 손가락으로 가리키는 방향으로 이리저리 흘러가면서 나는 머릿속으로 어제 온 이메일에 어떻게 답장을 해야 할지 생각하기도 하고, 복잡하지만 흥미로운 구석이 있는 새로운 일을 구상해보기도 했다. 그 사이 아이는 자기만의 세계를 만났다. 손바닥만 한 동네에 펼쳐지는 똑같은 풍경을 보면서도 매일 경이로워 하는 작은 존재가 매일 새롭게 사랑스러워졌다. 그렇게 한두 시간을 보낸 후 집으로 돌아오면 모든 것이 한결 나아져 있었다.

어느덧 혼자 뛰어다닐 수 있을 만큼 성장한 아이를 어린이집에 데려다주고 걸어오는 길, 조금은 절박하게 이루어졌던 당시의 산책길을 떠올렸다. 더 이상 내가 하고 싶은 일만 하거나 가고 싶은 곳만 가며 살 수 없다는 사실을 받아들이지 못하던 시기에 아이와 함께할 수 있는 멋진 일을 발견하지 못했다면 꽤나 견디기 힘들었을 것 같다.

이제 나는 아이와 함께 걷는 걸음에 익숙하다. 오히려 아이를 등원시키고 홀로 걷는 걸음이 어색하다. 좋다거나 나쁘거나, 혹은 자유롭다거나 미안하다거나 하는 성질의 것이 아니다. 방금 전까지 아이의 손에 이리저리 이끌려 이리저리 갈지 자로 걷고 있었는데, 중력 외에도 나를 강하게 잡아당기는 또 다른 힘이 있었는데, 나 홀로 똑바로 걷고 있다는 사실이 생경하게 느껴지는 것이다. 사다리차에 실린 짐이 올라갔다 내려오는 것을 끝까지 지켜봐야 하고, 무리지어 가는 개미가 출몰하는 구멍 앞에 주저앉고, 발끝을 질질 끌며 걸어서 나온 지 10분 만에 운동화며 바지가 더러워지고, 물웅덩이는 첨벙거리라고 있는 곳이고, 보도가 끝나는 턱에서는 반드시 깡충 뛰어내려야 하는(그래서 5분 거리의 이동에 20분이 소요되는) 아이의 시선, 아이의 걸음걸이, 아이의 중력이 아직은 어느 정도 내 안에 남아 있는 상태다.

그래서 이 시간 동안에는 나도 모르게 세상을 조금은 유심히 들여다보게 된다. '앗, 레미콘이네. (아이는 이미 들어가고 없다.) 황금 잉어빵이 네 개에 1000원이라니 싸다…. '계좌 이체 가능, 확인요'라고 써 붙여놓으신 것을 보니, 이체한다고 말하고 그냥 가는 나쁜 사람들이 있나 보구나. 저 강아지는 짧은 다리로 빨리도 걷네. 웰시코기인가? 귀엽다, 그런데 왜 흙을 파지? 창문에 '함수 전문'과 '한식 뷔페'가 동시에 적힌 저곳은 수학학원일까 함바집일까? 그나저나 동해에서 우연히 들어갔던 그 함바집 정말 맛있었지…' 같은, 의식의 흐름대로 이어지는 생각과 관찰을 평소보다 촘촘히 이어나가게 되는 것이다. 아이의 관점이 조금씩 희석되고 무당벌레나 돌멩이 같은 것에 대한 관심이 사그라지며 심드렁한 어른의 얼굴이 되어 오늘의 할 일이 머릿속에 착착 들어설 즈음, 산책은 끝난다.

게으르기 짝이 없는 내가 산책에 매달리게 된 것은 매일매일 규칙적으로 반복하는 어떤 행위가 멈춰버린 듯한 삶의 리듬감을 만들어주었기 때문이다. 게다가 산책은 생각의 리듬까지 만들어내는 멋진 효용을 지녔다. 일상에서 결코 가능하지 않은 (주로 긍정적인 종류의) 생각들이 산책할 때 불쑥불쑥 튀어나오는 것도 그래서다. 이제 나는 세상을 경이롭게 바라보는 어린 산책자의 세밀한 시선까지 덤으로 가지게 되었다. 함께 걷지 않았다면 결코 체득하지 못했을 이 감각들이 나에게는 귀하고 소중하다.

이런 시간들을 통해 조금 단련된 것인지, 갑작스레 마주하게 된 '여행의 종말'로 인해 많은 사람이 당황하고 있을 때도 나는 태연했다. 짐 싸기와 출입국 심사 같은 번거로운 과정들이 뒤따르는 여행이 아니더라도, 일상과 거리를 두고 한 뼘 크기의 자유를 확보할 수 있는 방법을 한 가지는 알고 있었기 때문이다. 그러니까 지금 무언가에서 벗어나고 싶다면, 산책을 시작해보는 것도 나쁘지 않다. 걷기의 배경이 되는 풍경은 사실 무엇이든 상관없다.

낄낄의 중요성

넷플릭스 다큐멘터리 〈도시인처럼〉을 통해 알게 된 프랜 레보위츠는 매력적인 사람이다. 이미 무수히 많이 공유되었지만 나 역시 어느 한 귀퉁이에 그의 어록을 기록해두고 싶다.

> "책을 버릴 수가 없어요. 사람을 버리는 것 같거든요. 오히려 버리고 싶은 사람은 정말 많지만요."

> "말하는 것의 반대는 듣는 것이 아니라, 기다리는 것이죠."

> "제가 생각하는 환상적인 좌석은 뒤쪽 통로 옆이에요. 나갈 수 있으니까요." (내가 가장 좋아하는 극장 좌석도 뒤쪽 통로 옆이다. 같은 이유로.)

남의 마음을 사려는 의도가 없는 사람의 산뜻함, 생각하는 대로 살아온 사람의 자신감, 그리고 무엇보다도 그 유머 감각. 유머 감각을 어떻게 기르느냐는 질문에 그는 이렇게 답한다. "어떻게 하면 키가 크냐는 말과 같군요."

여러모로 귀감이 되는 여성이다. 그런데 정작 이 영상에서 나의 웃음 버튼은 따로 있었다. 바로 이 다큐멘터리를 만든 마틴 스콜세지다. 그는 프랜 레보위츠가 툭툭 말을 꺼낼 때마다 옆에서 어깨를 들썩이며 숨 죽여 웃는데, 그 모습이 너무나 진심이어서 그가 낄낄댈 때마다 나도 따라 웃었다.

생각해보면 나의 첫 직장에도 프랜 레보위츠 같은 상사가 있었다. 제법 칼칼한 성격의 그녀는 누군가에게는 무서운 사람이었지만, 나에게는 사실 웃기는 선배였다. 배달 음식을 먹는 회의실에서, 애연가들이 모이던 옥상에서, 야근 중의 적막 속에서, 툭툭 던지는 그녀의 말을 웃거나 받아 적지 않는 사람들이 이상하게 느껴질 정도였다. (10여 년 전의 일이라 그의 명언들이 세세히 생각이 나지 않는 것이 아쉽다. 받아 적어두었어야 하는데.) 프랜 레보위츠 옆의 마틴 스콜세지처럼 어깨를 들썩이면서 인턴 시절을 보냈으니, 지금 생각해보면 꽤나 운이 좋았다. 그 이후에 자연스레 익히게 된 자본주의 미소를 생각해보면 그 시절의 웃음은 순도가 높았다. 얼마 전 오랜만에 그녀의 집에 놀러갔다. 1년여 만에 만났음에도 불구하고 야근 중의 낄낄 타임처럼 즐거운 시간을 보냈다. 그리고 어떤 이야기 끝에 그녀는 말했다.

"같이 밥을 먹을 사람도 있고, 대화를 나눌 사람도 있어. 팀원 모두 좋은 사람들이야. 근데 낄낄댈 사람이 없어서 좀 곤란해. '낄낄'은 중요하단 말이야."

그녀의 말을 듣고 나서 '낄낄'이 작동하는 원리에 대해 생각해보았다. 낄낄은 세상을 인식하는 방식이 유사한 사람들 사이에서 흘러나온다. 그러나 낙관보다는 비관을 공유할 때 흘러나오는 경향이 있는 것 같다. 우리가 몸담고 있는 이 조직이, 이 나라가, 조금 더 거창하게 말하자면 지구 전체가 망했다는 것이 감지될 때 함께 절망에 빠지는 대신 함께 낄낄댈 수 있는 사람이 있다는 것은 다행스러운 일이다.

또한 낄낄은 스스로를 비웃거나 깎아내리는 이야기에서 나온다. 자신을 높이려는 의도를 지닌 이야기는 아무리 수려해도 재밌기가 어렵다. 내가 좋아하는 사람들은 제각기 다른 매력을 가지고 있지만, 한 가지 공통점이 있다. 그것은 자기 객관화가 가능한 사람들이라는 것이다.

무엇보다도 '낄낄'은 위계가 강한 곳에서는 결코 터져 나오지 않는다. '하하' '호호' 'ㅋㅋ' 등 다른 종류의 사회적 웃음은 가능할지라도, 권위가 중요한 사람 앞에서 '낄낄'의 감정은 차게 식어버린다. 따라서 낄낄은 집단적이라기보다는 개인적이다. 한 무리의 집단이 공통적으로 낄낄댈 수 있는 사안은 거의 없다고 본다. 자세히 들여다보면 우리는 모두 다른 생각과 태도를 지니고 있고, 한 사안을 놓고 함께 낄낄댈 수 있는 단 한 사람을 만나는 것도 생각보다 어려운 일이기 때문이다.

어느 해인가 새해 목표를 "안 웃긴 말에 웃지 말자"로 정했던 적이 있다. 기자로 일했던 당시 나의 아이폰 음성 메모 안에는 항상 누군가와의 대화가 수십 개씩 담겨 있었는데, 녹취를 풀기 위해 그 파일을 듣는 것은 무엇보다 괴로운 일이었다. 나는 언제나 미루고 미루다 마지막 순간에 녹음 파일을 틀었다. 이어폰을 양쪽 귀가 아닌 한쪽 귀에만 꽂은 채로. 언제라도 '못 참겠는 순간'이 닥치면 재빨리 이어폰을 귀에서 잡아챌 수 있도록 말이다(줄 이어폰은 낚아챔의 순간에 용이하다). 그 '못 참겠는 순간'은 주로 나의 웃음소리가 들려올 때였다. 녹음기 속의 여자는 참 실없었다. 동의하지 않는 주장에, 한없이 길어지는 장광설에, 웃기지 않은 농담에 잘도 웃었다. 밥상 앞에서 무표정으로 일관한 30여 년의 세월을 아는 부모님이 보면 어처구니없을 장면이다. 상대방의 마음에 들고 싶을 때, 응수할 말이 재빨리 생각나지 않을 때, 심지어 안 웃길 때, 웃음으로 회답하는 것이 가장 손쉬워서다. 그리고 가장 무난해서다. '상황이 그랬고, 대화가 쉽지 않았고, 애썼고'를 다 떠나서 스스로를 객관적으로 바라보게 되는 건 이런 순간이다. 녹음기 속의 여자는 매력적이지 않았다.

자신이 웃고 싶을 때만 웃는 사람은 매력적이다. 웃지 않을 수 있는 것은 힘이다. '웃지 않음'으로 인해 한 개인의 튼튼한 성채가 만들어지며, 이는 세상이 그를 만만하게 대할 수 없도록 만드는 방어막이 되기 때문이다. 그러나 다들 알다시피 숨쉬듯 굴복하게 되는 자본주의 사회에서는 쉽지 않은 일이다.

그해의 목표는 물론 지켜지지 않았다. 이러한 변화는 개인의 인식이 변할 때보다는 그가 처한 상황이나 환경이 변할 때 더 수월하게 찾아오는 것 같다. 나를 힘들게 하는 사람과 물리적으로 거리를 둘 수 있을 때, 직업적으로 잘 보여야 할 사람이 적어질 때, 반응을 의식하지 않아도 되는 오래된 관계가 많아질 때 등. 퇴사 후 이런 상황이 현저히 적어진 것을 보면 말이다.

언젠가부터 억지웃음을 지어야 하는 만남은 나의 일상에서 점점 사라졌다. 모두가 각자의 휴대폰만 힐끔거리는 모임이나, 어떤 주제의 이야기를 꺼내도 도돌이표처럼 결국 자신의 이야기로 되돌아가는 사람과의 약속도 사라졌다. 내가 이 모든 것을 담을 그릇이 안 되는 사람이라는 것을 깨달았기 때문이기도 하고, 운용할 수 있는 시간과 에너지가 적어졌기 때문이기도 하다. 시간을 쪼개고 에너지를 아껴서 집중해야 하는 관계들이 있기 때문이다.

다만 이 사실은 기억해두기로 한다. 그것이 우울한 학교든, 미래가 없어 보이는 조직이든, 어떤 암담한 환경에서도 나를 있는 그대로 보여주고 낄낄댈 수 있는 사람이 한 명씩은 꼭 있었다는 것. 그리고 나는 그를 찾아냈다. 그러니까 이것은 생존 본능인지도 모르겠다. 함께 낄낄댈 수 있는 사람이 단 한 사람이라도 있을 때, 그곳은 숨 쉴 수 있는 장소가 된다.

그러니까 이런 밤은 소중하다. 우리가 공유했던 과거에 대해, 진전 없는 현재에 대해, 허약한 미래에 대해, 시답지 않은 농담을 곁들여 함께 낄낄대는 밤. 누구는 이별을 했고 누구는 승진을 했고 누구는 다이어트에 실패했다. 전염병과 끔찍한 상사와 빈약한 통장 잔고는 여전하다. 하찮고 자잘하기 그지없는 행복과 불행과 기쁨과 울분을 나눌 시간을 확보하기 위하여, 오늘의 할 일을 해치우고 에너지를 축적한다. 나라는 좁고 편협한 세계에서 가장 중요한 가치인 낄낄의 힘에 기대 살아간다.

2부

숨고 싶지만 돈은 벌어야겠고

언젠가 한 배우가 예능 프로그램에 나와서 이렇게 한탄한 적이 있다. “아무도 나를 모르고 돈이 많았으면 좋겠어요.” 너무 공감 가는 말이라 깔깔댔는데, 역시나 이 말은 ‘짤’로 박제되어 지금까지 인터넷 세상을 떠돌고 있다. 죽고 싶지만 떡볶이는 먹고 싶은 마음만큼이나 아이러니한 욕망 아닌가. 유명해지고 싶지 않은 스타, 수업이 두려운 교사, 고통에 취약한 의사 등 직업과 본성 사이에 괴리가 있는 삶을 살고 있는 사람은 우리 주위에 얼마나 많을까. 아니, 오히려 완벽하게 일치된 삶을 사는 사람을 찾는 것이 더 어려울 것이다.

대학 시절에 동화 작가를 꿈꾸던 한 친구는 지금 변호사가 되었는데, 나에게는 너무 무르기만 한, 싫은 소리도 한마디 못 하는 그가 법정에서 날선 공방을 펼치는 모습이 퍽 궁금하다. 요즘도 가끔 만나서 식사를 하는데, 야무진 말투로 클라이언트의 전화를 받는 그의 모습에서 미루어 짐작해볼 수는 있지만 말이다. 사실 잘하고 있으리라는 건 안다. 그건 나도 마찬가지다. 우리 모두는 어떻게든 해낸다.

몇 년 전 친구와 집에서 노닥거리다 어떤 오디션 프로그램을 보게 되었고, 그중 한 출연자를 마음 깊은 곳에서부터 응원하게 되었다. 당시 꽤나 심심하던 시기여서 거의 매주 친구와 본방을 시청했고, 그의 데뷔에 도움이 되기 위해 전화 투표에 참여하는 등 열성을 보였다. 어린 시절부터 흰색 풍선도, 노란색 풍선도 들지 못했던 나로서는 매우 드문 경험이었다. 많은 출연자 중에서도 유독 한 사람을 응원하게 된 이유는 그가 그 자리에 있는 것이 조금 어색해 보이는 사람이었기 때문이다. 랩을 할 때나 춤을 출 때의 그는 꽤 편안해 보였다. 그러나 스타에게, 심지어 스타 지망생에게 요구되는 것은 이외에도 많다. 화사함과 생기, 온몸에서 흐르는 끼, 소위 '스타성'이라고 말하는 그것 말이다. 나의 착각일 수도 있지만 그는 카메라 앞에서 왠지 모르게 곤란해 보였다. 그럼에도 불구하고 사람들은 어떻게든 해낸다. 그는 결국 데뷔에 성공했는데, 방송 종료와 동시에 모든 관심이 사라진 탓에 이후에 그가 어떤 활동을 하고 있는지 찾아보지 않았다. 아마도 지금쯤 꽤 능숙한 스타가 되어 있지 않을까?

"아무도 나를 모르고 돈이 많았으면 좋겠어요"라는 말이 인기 있는 밈이 된 이유는 '아무도 나를 모르고' '돈이 많았으면 좋겠다'는 두 가지 욕망이 공존하기 어려운 시대이기 때문일 것이다. 누구나 15분 만에 스타가 될 수 있다는 말을 거꾸로 뒤집어보면 누구나 15분 만에 망할 수 있다는 뜻이고, 드러내고 싶지 않은 사람도 숨을 곳이 없다는 뜻이기도 하다. 스타도, 유명인도, 아무것도 아닌 '노바디'로 평범한 삶을 살아가면서도 가끔 스타 지망생의 기분을 느끼게 될 때가 있다. 이제는 스타가 아닌 누구라도, 돈을 벌고 싶다면 일단 유명해져야 한다. 개인 인스타그램 계정에도 섞여 있는 광고성 게시물과 구독률을 높이기 위한 유튜버들의 노력을 떠올려보라. 이제 골방에 틀어박혀서 글을 쓰는 사람은 없으며, 아무리 내성적인 작가여도 사람들 앞에서 말을 해야 하는 상황은 찾아온다. 평범한 회사원일지라도, 개인 사업장을 운영하고 있어도, 퍼포먼스와 노출은 곧 생존과 직결된다. 그 결과 우리는 퇴근 후 집에 돌아와서도 나의 일상을 어디에라도 내걸어야 할 것만 같은 강박에 시달리게 된 것이다.

그러나 나는 여기저기에 걸려 있는 '퍼스널 브랜딩'이라는 말을 제대로 들여다본 적이 없다. 일단 그 말이 의미하는 바를 잘 모르겠고, 들여다보아도 알기 어려울 것 같으며, 안다 해도 가능하게 되지 않을 것이라고 판단하기 때문이다. 물론 나 자신에 대해서 몇 바닥쯤 쓰고 있는 이 글 또한 퍼스널 브랜딩이라고 할 수도 있겠지만, 그렇다면 이러한 방식의 퍼스널 브랜딩만 가능하다고 생각하고 넘어가야겠다. 우선 나 스스로도 '나는 ~한 사람이다'라는 제대로 된 정의를 가지고 있지 않은데, 무슨 수로 타인에게 일관된 메시지를 보내며 나라는 브랜드를 만들어갈 수 있을까? 정의를 내릴 수 없을 정도로 다채로운 사람이라는 말이 아니라, 언젠가부터 나라는 사람, 나다운 것, 소위 말하는 '자아'라는 것에 관심이 옅어졌기 때문이다. 스스로 내향인이라고 생각하지만 죽어도 못 하는 것은 없으며(세상에서 가장 두려운 노래방에 가서도 책자를 붙들고 어떻게든 버티는 것처럼), 받아들여줄 것 같은 사람에게만 본심을 털어놓는, 즉 발 디딜 곳을 보고 발을 뻗는 사람 정도로 나 자신을 이해하고 있다. 아마도 많은 사람이 그럴 것이라고 생각한다. 그래서 나는 이러한 모습이 있고 한편으로는 저러한 모습도 있는 사람들의 의외성이 흥미로우며, 본성에 맞지 않는 일을 어떻게든 해내는 사람들의 모습에서 아름다움을 느낀다.

그렇다 해도 가장 중요한 문제는 남는다. '아무도 나를 모르는' 동시에 어떻게 '생존할' 수 있는가? 남들이 가진 근사한 재능, 그에 뒤따르는 부와 명예에 대한 부러움으로 인해 마음이 혼란해질 때마다 나는 한마디를 떠올린다. 그것은 바로 '낄끼빠빠', 즉 낄 때 끼고 빠질 때 빠지기. 안 될 것 같은 일은 재빨리 포기하기. 내가 설 자리가 모호한 장소에는 애초에 등장하지 말기. 나에게 은은한 스크래치를 내는 사람에 대한 관심 끄기. 열심히 일하되 목숨 걸지 말고, 무명의 자유를 즐기며, 무엇보다 욕망하는 대상의 개수를 줄이기. 어설픈 욕망보다 끈질긴 수치심이 더 오래 따라 붙어 나의 수면을 방해한다는 사실을 잊지 않으려 한다. 창피당하지 않는 것이 인생 최대의 목표인 사람의 생활의 지혜랄까.

스타벅스 테이블 라이터

프리랜서가 된 이후로 스타벅스를 업무 공간으로 사용하고 있다. 내가 일하는 스타벅스는 '보건소 뷰'다. 2층의 통창에서 PCR 검사를 받기 위해 서 있는 사람들의 행렬이 한눈에 들어온다. 지난 2년 동안 이 창은 뉴스를 보지 않고도 상황을 짐작하게 해주는 전광판 역할을 했다. 얼마 전, 늘거나 줄거나 하며 사시사철 이어져 있던 줄이 드디어 사라졌다. 지긋지긋한 마스크에서 해방될 날도 얼마 남지 않은 것 같다.

스타벅스의 한가운데 놓여 있는 대형 테이블에는 다양한 사람들이 모인다. 아니, 교체된다는 표현이 맞겠다. 요일과 시간대에 따라 로테이션되는 이들은 집중력을 가지고 저마다의 과업에 몰입한다. 누군가는 주식창을 들여다보고 있고, 누군가는 행정법에 대한 인터넷 강의를 듣는다. 태블릿으로 만화를 그리는 사람도 있고, 영상을 편집하는 사람도 있다. 테이블 위에는 이 모든 사람의 작업 도구들이 놓인다. 주로 노트북이나 태블릿 등의 전자 기기들이지만, 가끔은 프랑스 자수 도구 같은 신기한 물건도 등장한다. 주위에 공방이 있는 건지, 종종 프랑스 자수를 놓는 사람을 만나게 되는 것이다. 오늘 아침에는 스타벅스 테이블 위에 거대한 데스크탑 모니터를 올려놓은 사람이 있었다. 아무리 그래도 저건 너무하다 싶었는데, 당근 마켓 구매자를 기다리고 있었나 보다. 모니터가 제대로 작동하는 것을 확인한 두 사람은 쿨거래를 끝내고 급히 헤어졌다.

할 일은 많으나 갈 곳은 없는 이들이 이곳에 모이게 된 이유는 자명하다. 스타벅스는 커피 한 잔 시켜놓고 점유하는 시공간에 대한 마음의 짐이 덜한 곳이기 때문이다. 스타벅스의 다른 구역과는 별도로, 이 대형 테이블에서만 유효한 행동 규범이 존재한다. 도서관과도 비슷한데, 일단 이 테이블에 앉으면 누구나 어렵지 않게 이를 알아차릴 수 있다. 큰 소리로 대화를 나누는 것은 금물이라는 것을. 가끔 커플이 마주 앉아 대화를 나누다가도 이 테이블의 이질적인 분위기를 느끼고 이내 떠나곤 한다. 심지어 전화를 받는 것도 망설여질 때가 있다. 누군가가 앉아 있는 자리에서 한 칸을 비우고 그다음 칸에 앉는 것도 이 테이블의 암묵적인 규칙이다. 되도록이면 정면으로 마주 보고 앉는 것도 지양한다. 콘센트의 위치 때문이다. 따라서 대형 테이블에 앉은 사람들의 배열은 대체로 오버로크 패턴을 이룬다. 코로나 이전부터 있었던 패턴이지만, 거리두기 단계 조정에 따라 이 패턴의 폭은 넓어지거나 좁아지거나 했다.

자신의 영역을 점유하면서도 타인의 영역을 침범하지 않는다는 점에서 이 패턴은 유용하게 쓰일 수 있다. 이곳에서는 작업 도구를 넓게 펼쳐놓는 사람도, 타인의 콘센트를 침범하는 사람도 드물다. 이것이야말로 스타벅스 공동체가 가진 미덕이다.

여기까지 쓰고 반성한다. 나는 왜 이들이 뭘 하는지 알고 있는 걸까? 성숙한 공동체의 일원이라면 다른 사람이 뭘 하는지에 대해서는 관심을 완전히 꺼두어야 한다. 이 테이블에 앉는 사람들은 타인의 시선으로부터 일정 시간 동안 벗어나고 싶을 것이기 때문이다. 그러니까 이 글은 나의 흐릿한 집중력과 시민 의식을 증명하는 것에 지나지 않는다. 어찌됐든 이들의 존재를 인식하고 있는 나로서는, 격리 기간 이후 오랜만에 본 얼굴들이 반갑기까지 했다. 학교에 가지 못하는 아이들이나 생계를 위협받는 소상공인의 고통에는 비할 수 없겠으나, 좀처럼 일할 공간을 찾을 수 없는 사람의 초조함과 불안감도 분명히 존재하는 고통이기 때문이다.

세상의 모든 키친 테이블 라이터들에 대한 존경심이 있다. 작업실이 따로 없다는 공통점이 있지만 나는 결코 키친 테이블 라이터가 될 수 없을 것이다. 몸을 뉘일 가능성이 있는 공간에서 나는 취약하다. 하고 싶은 일도 많고 읽고 싶은 책도 많지만, 밤의 풍요를 누리는 대신 어둠 속에서 빛나는 휴대폰을 들여다보다가 스르르 잠이 드는 날이 압도적으로 많다. 그러나 스타벅스에서 나는 좀 더 생산적이다. 자신의 일에 진지하게 몰두하고 있는 스타벅스 테이블 라이터들에게 적절한 자극을 받는다. 산만하고 의지력이 부족한 사람에게 필요한 것은 어쩌면 '자기만의 방'이 아니라, 적정거리를 유지하는 '타인들과의 합석' 인지 도 모르겠다.

미국의 문화 인류학자 에드워드 홀은《숨겨진 차원》이라는 책에서 공적 공간에 존재하는 사적 공간, 그리고 그에 대한 인간의 지각에 대한 논의를 펼친다. 그는 적절한 밀도를 가진 공간을 뜻하는 '프록세믹스proxemics'라는 용어로 인간에게는 누구나 타인으로부터 지키고 싶은 거리가 있다고 말한다. 이 거리 감각은 문화권마다 다른데, 자신의 공간을 자아의 연장으로 여기는 독일인의 경우 자신의 의자를 끌어 쓰는 타인을 무례하다고 여긴다고 한다. 스타벅스에 홀로 앉아 있다 보면 자주 "의자 좀 써도 될까요?"라는 요청을 받게 되는데, 당연히 괜찮다고 하지만 만약 누군가가 말없이 의자를 끌어 쓴다면 나 역시 무례하다고 느낄 것 같다.

한국은, 특히 서울이라는 도시는 공적 공간 속의 사적 공간이 매우 좁은 도시다. 마트 계산대에서 줄을 설 때 느껴지는 뒷사람의 존재감이나 공항 컨베이어 벨트에서 짐을 꺼낼 때 저지선 앞쪽에 모여 있는 사람들의 수를 생각해보면 이를 쉽게 알아차릴 수 있다. 태어나고 자란 도시 곳곳에 새겨진 공간감과 같은 문화권에서 살아가는 사람들 사이의 거리감은 물이나 공기와 같아서, 평소에는 그다지 의식하지 않고 살아가기 마련이다. 바이러스라는 재앙이 아이러니하게도 서울이라는 빽빽한 도시에서 살려면 어쩔 수 없다고 받아들인 많은 것들을 재

설정하는 계기를 제공하고 있다. 타인의 존재감을 선명하게 느낄 수밖에 없던 고밀도의 도시에 오버로크 패턴이 생긴 것이다. 성글게 짜여 곳곳에 듬성듬성 구멍이 난 스웨터를 입은 기분이랄까.

그리하여 이제 우리는 같은 도시에서 이전과는 조금 다른 공간감을 느끼고 있다. 공적인 공간에서 우리가 필요로 하는 사적 공간의 크기에 대해 새삼스레 의식하게 된 것이다. 다시 밀도 높은 도시 공간으로 돌아갔을 때 우리가 어떤 감각을 느끼게 될지 궁금하다. 스타벅스 6인용 테이블에 여섯 명이 끼어 앉은 기분이 들지는 않을까? 단순히 답답하다거나 불편한 감각을 넘어 무언가 규칙에 위배된다고 느껴지지는 않을까?

나는 대도시에서 태어나고 성장했음에도 불구하고 어쩐 일인지 고밀도의 환경에 취약한 사람으로 자라났다. 도시의 일상적인 소음에 취약하고, 붐비는 전시에서 뭘 보고 온 건지 기억하지 못하며, 금요일 저녁의 백화점 식품 매장에서는 실질적인 의미의 멀미를 느낀다. 그리하여 나는 코로나 이후의 세계에서 새롭게 재편된 거리 감각만큼은 유지되길 희망한다. 그 세계에서는 스타벅스 공동체의 행동 규범이 유효할 것이다.

간장 종지 크기의 사랑

집에 돌아와 정신없이 손을 씻고 옷을 벗고 침대로 직행하려는데 물컹한 물체가 발에 걸린다. 원래는 집에 오면 숨 돌릴 틈 없이 돌진해오는 작은 인간을 안아주고 온몸으로 대화하며 집 안의 크고 작은 폭풍을 추스르기에 바쁘다. 모처럼 집에 아무도 없는 날이라 침대에 벌렁 누웠더니 그 물체가 잽싸게 배 위에 올라온다. 자신도 모처럼의 기회를 놓칠 수 없다는 듯이 한참 동안 꾹꾹이를 하더니 내 배에 자신의 온몸을 힘껏 밀착시키고 만족스럽게 눈을 감는다. 나도 눈을 감고 아주아주 오랜만에 이 따끈한 생명체에 대해 생각해보게 됐다.

어느 날 갑자기 주먹밥 같은 머리통과 물 빠진 듯한 흰 털, 출렁거리는 배가 매력적인 고양이랑 같이 살게 됐다. 이름은 헤네Resnais. 불어를 병기할 수밖에 없는 이유는 이 아이의 이름이 '알랭 레네'의 이름에서 따온 것이기 때문이다. 무려 누벨바그 거장의 이름을 고양이에게 붙인 고상한 헤네 주인, 전 남친이자 현 남편은 헤네를 우리 집에 넣어 두고 긴 여행을 떠났고, 헤네와 나는 좁은 원룸에서 살을 부비며 살다가 헤어질 수 없어서 계속해서 같이 살게 됐다.

고양이만큼 거리두기에 능숙한 생명체가 있을까. 고양이와 함께 사는 사람은 잡힐 듯 잡히지 않는 존재와의 거리감에 익숙해질 수밖에 없다. 오라면 절대 오지 않고 껴안으면 곧장 빠져나가며, 그런가 하면 어느새 내 옆구리에 엉덩이를 붙이고 있거나 배 위에서 갸르릉대는, 결코 위계에 의해 움직이거나 굴복하지 않는, 확고한 자유의지를 지닌 생명체에게 나는 순식간에 매료됐다. 세상에 차고 넘치는 '고양이 토크'에 내가 얹을 말은 없을 줄 알았지만 어느 순간 외치고 있었다. 자식 사진을 카톡 프로필에 올리고야 마는 엄마들처럼. 우리 헤네는 고양이 중에서도 특별한 고양이라고 말이다.

처음에는 부르기도 민망하던 누벨바그 거장의 이름을 하루에도 수십 차례 부르며 함께하는 시간이 길어지다 보니 고양이라는 종의 특성이 아닌 이 아이만의 고유한 매력이 점점 더 크게 다가왔다. 인간의 마음대로 되지 않는 도도함이 고양이의 마력이라고 하지만 헤네의 본질은 그런 것이 아니다. 집에 들어올 때면 언제나 문 앞에서 기다리고 있고, 말을 걸면 '냥'하고 대답하며, 눈만 마주쳐도 갸르릉거리며 흥분하는 이 생명체의 경탄스러운 지점은 '변덕스러움'이 아니라 '한결같음'에 있다.

어린 시절에 자기주장 강한 강아지랑 같이 자라서 양보에 익숙한 만형 같은 캐릭터가 된 건지, 헤네는 이 집에 사는 인간 중 그 누구보다도 원숙하고 느긋하며 여유롭다. 하루에 두 번쯤 한결같이 배 위에 올라와 솜뭉치 같은 앞발로 '꾹꾹이'를 해주는 친절함, 화장실에서 볼 일을 본 후에 욕실 앞의 매트를 슬그머니 끌어다가 모래 위에 덮어 두는 섬세함(수치심에 취약하다), 그리고 고양이라면 누구나 환장한다는 간식 캔을 따도 결코 달려들지 않는 우아함(먹는 것도 없는데 왜 자꾸 살이 찔까?), 벌레 한 마리 못 잡을 것 같은 느릿한 동작으로 바닥에 떨어진 병뚜껑만 사냥하는 헤네. 누구나 조금씩 서로에게 해를 끼치며 사는 세상에서, 이토록 다정하면서도 무해한 존재가 있는 줄 몰랐다.

2주 동안 있었던 산후 조리원에서 나를 밤마다 울게 한 것은 바로 이 사랑스럽고 푸근한 존재였다. 아마도 다른 여러 복합적인 것들에 의한 눈물이었겠지만, 그때는 그냥 헤네가 보고 싶었다. 결국 어느 대낮에 탈출을 감행했고, 나의 부재에 전혀 타격받지 않은 모습으로 똑같이 배 위에 올라오는 헤네의 그르릉대는 소리를 들으며 행복해했다. 그러나 그로부터 3년 후, 헤네를 잘 알고, 나만큼이나 헤네를 사랑하는 친구와 술을 마시며 나는 이렇게 말하고 있다. "요즘 헤네는 무슨 생각을 하는지 잘 모르겠어."

그 이유는 당연히 나의 관심이 부족해서일 것이다. 상처 입은 영혼이 여럿 등장하는 폴 토마스 앤더슨 감독의 영화 〈매그놀리아〉에는 이런 대사가 나온다. "난 정말 줄 사랑이 많은데 누구에게 줘야 할지 모르겠어요." 나로 말하자면 반대다. 마땅한 사랑을 줘야 할 상대가 많다는 것을 머릿속으로는 알고 있는데, 가진 사랑의 총량이 턱없이 부족하달까. 한마디로 무심한 인간이다. 최근에 한 선배가 무슨 이야기 끝에 이런 말을 했다. 관계는 정확히 주는 만큼 받는 것이고, 힘들 때 광광대다가 필요 없어지면 꺼지라는 식으로 나오는 사람은 가망이 없다고. 나 역시 이 사실을 잘 알면서도 그리 많지도 않은 관계를 잘 챙기지 못하겠다. 내 앞에 던져지는 크고 작은 미션들을 쳐내다가 정신을 차리고 보면 친한 친구에게 3개월쯤 연락하지 않는 상태고, 가족들에게도 무신경하긴 마찬가지다. 이런 나를 받아주는 마음 넓은 사람들에게 한없이 미안하면서도, 이렇게 설정된 디폴트값을 무슨 수로 변경할 수 있는지 잘 모르겠다.

어마어마한 사랑과 관심을 필요로 하는 태풍 같은 존재가 태어난 후, 태풍의 성장을 저어하지 않을 만큼의 연료를 공급하면서 나라는 인간도 계속해서 굴러가도록 하는 일에는 어마어마한 에너지가 필요했다. 나는 혼이 쏙 빠진 상태로 이외의 모든 관계에 헐거워졌고, 헤네에게 돌아가는 관심도 그만큼 적어졌다. 모두가 잠들고 간신히 홀로 있게 된 밤 시간, 하루 종일 알아서 먹고 알아서 자던 헤네가 배 위에 쓱 올라오면 귀찮기까지 했다. 한없이 안정감을 주던 8킬로그램가량의 무게가 버겁게 느껴지는 나날들이었다. 좀처럼 서운함을 표하지 않는 무던한 이에게 돌아가는 파이를 은근슬쩍 줄이는 일에는 치사한 측면이 있다는 것을 안다. 그리하여 오랜만에 만난 친구에게 헤네와의 교감이 적어졌다는 고민을 털어놓게 된 것이다.

내가 가진 사랑의 총량에 대해 다시 한 번 생각해본다. 열

자식은 거뜬히 거둬 먹이는, 퍼도 퍼도 솟아오르는, 무한한 어머니의 사랑은 환상이 아닐까? 쉽게 지치고 인내심은 곧장 바닥이 나고 하루 종일 허덕이다가 잠시나마 혼자만의 시간을 보낸 후에야 간신히 찰박하게 차오르는 사랑도 있지 않을까? 자기애로 충만한 모성도 모성이지 않을까? 그러니까 어떤 사람의 그릇은 간장 종지 크기가 아닐까?

어쩌면 운동하는 만큼 생기는 체력처럼, 사랑의 총량을 키우기 위해서는 꾸준한 유산소 운동 밖에 답이 없는지도 모르겠다. 그런데 내일도 이 생각을 이어가고 있을지는 잘 모르겠다. 오늘처럼 모처럼 마음의 여유가 있는 날에는 혼자 애잔해지다가, 여유라고는 찾을 수 없는 내일이 되면 다시 무심해지는 인간을 보면서 헤네는 정말이지 무슨 생각을 할까?

그럼에도 불구하고 우리 헤네는 기싸움이라고는 모른다. 감정적 줄다리기도 할 생각 없다. 매번 치이면서도 그 자리에 앉아 있다. 지친 인간에게 무시당해도 끊임없이 엉덩이를 들이민다. 이런 헤네를 보며 돌아오는 파이에 연연하지 않는 큰 사랑을 배운다. 상대에게 기대하는 게 없는 자는 자유롭다는 진리도 새삼 실감한다. 〈매그놀리아〉에는 (정확한 워딩은 아니지만) 이런 취지의 대사도 나왔던 것 같다. "나의 실체를 알게 되면 나를 좋아하지 못할 거예요." 그러나 헤네만큼은 나의 실체와 상관없이 내 곁에 있을 거라는 이상한 믿음이 있다. 고양이들이 대체로 인간의 실체에 타격받지 않는 이유는 인간에게 거는 큰 기대가 없기 때문일 거다.

내가 할 수 있는 일은 여러 관계를 위한 여러 개의 간장 종지를 준비하는 것, 그리고 그 종지에 깨끗한 물이 떨어지지 않도록 신경 쓰는 것뿐이다. 이 우직하고도 사랑스러운 생명체는 그릇이 크든 작든 상관하지 않고 언제나 찹찹대며 물을 먹고 있을 테니.

단골집의 부재

2009. 5. 18.~2021. 11. 30.

"여기는 이제 문을 닫았습니다. 그동안 사랑해주신 모든 손님 여러분께 감사 말씀 드립니다. 모두 행복하시고 건강하시길."

얼마 전 인스타그램에서 사진 한 장을 봤다. 합정동에 있던 커피발전소가 문을 닫으며 창에 붙여놓은 편지인데, 이 문구 다음으로는 '특별히 감사드리는 분들'의 목록이 길게 이어졌다. 즐겨 찾던 단골손님들에서부터 키스 자렛, 바흐, 전기현의 세상의 모든 음악, 김혜리의 필름 클럽, 아이쿱생협, 택배 기사님, 봄의 벚꽃과 겨울의 빛까지 그동안 그곳을 풍요롭게 만들어준 대상들의 이름이 세세하게 적혀 있었다.

공간과 장소의 차이에 대한 유명한 정의가 생각난다. 우리의 경험과 감정이 담겨 있을 때 공간은 장소가 된다는 것이다. 이 카페의 목록은 공간을 장소로 바꾸어주는 것들을 고스란히 보여주는 것 같았다. 나로서는 개인적인 추억이 없는 곳이지만, 어쩐지 이들이 만들어냈을 풍경이 그려져 극장에서 크레

디트를 끝까지 보는 마음으로 그 사진의 이름을 들여다보았다.

그러다 '지금 나의 단골집은 어디인가' 하는 생각에 이르렀다. 회사를 다니던 시절에는 이런저런 근사한 곳들을 많이 다녔다. 그곳에서 보낸 시간들은 소중하지만 사실 그 공간들은 단골집이라기보다는 핫플레이스에 가까웠고, 퇴사 후에는 1년에 서너 번쯤 찾는 곳이 되었다. 지금의 나로 말하자면 작년에 정부로부터 받은 재난지원금을 다 사용하지 못했을 정도로 소비가 위축되어 있는 상황이다. 약속도 거의 없고 주로 온라인에서만 물건을 구입했기에, 재난지원금 사용 만료일이 지나고 나서야 3만 5000원의 잔액이 남아 있었다는 사실을 알게 된 것이다. (이 이야기를 전하자 친구들은 하나같이 말했다. "그게 말이 돼?") 나뿐만이 아니라 많은 사람들이 단골집과 멀어진 일상을 살고 있을 것이다. 이 시대의 단골집은 차라리 배달 어플 속에 있다. 이 상황의 직격탄을 맞은 소상공인들에게, 단골로서 예의를 차릴 수 있는 방법은 정갈한 후기 사진을 찍고 별 다섯 개를 누르는 것뿐이다.

정초에 〈조선비즈〉에 실린 '김지수의 인터스텔라' 인터뷰에서 데이터 과학자 송길영은 이렇게 말했다. "한밤중에 타코가 먹고 싶으면 20분 만에 실현이 돼요. 40분 걸리면 사라질 욕망이었을 텐데, 배달 앱이 그걸 잡아냅니다. 낙타의 허리를 부러뜨리는 깃털 하나까지 섬세하게(웃음). 제일 예쁘고 향기로운 것을 선택하는 '비용'이 확 줄었어요. 욕망의 거리는 좁혀졌고,

공급자는 더 고단해질 겁니다." 바이러스가 사람 간의 거리를 넓힌 반면에 욕망과의 거리는 좁힌 셈이다. 이 말을 들은 김지수 기자의 반문에 매우 공감이 갔다. "그래서 저는 의심합니다. 팽창된 욕망을 돕는 일이 인류에게 더 좋기만 할까요?"

핫플레이스나 배달 어플은 확실히 욕망을 팽창시킨다. 매우 즉각적으로 해결되어야 하는, 그러나 사실은 결코 충족되지 않는 욕망을 낳는다. 그러나 단골집은 그렇지 않다. 지근거리에 있고 별스럽지 않은 메뉴를 팔며 언제 찾아가도 새로울 것이 없는 단골집은 욕망을 부추기기보다는 일상을 다스리고 하루를 지탱하는 역할을 한다. 동네 카페, 동네 술집, 동네 밥집과 빵집이 소중한 이유다.

문제는 단골이 되는 것도 쉽지만은 않은 일이라는 것이다. 어린 시절 보던 주말의 명화 속에서 바에 근사하게 앉아 '늘 같은 걸로'를 주문하는 주인공만큼은 아니어도 마흔이 코앞이 되면 자주 가는 가게에서는 능숙하고 친근하게 이야기를 붙일 수 있는 사람이 되어 있을 줄 알았다. 반찬거리를 사는 가게에서 가벼운 근황을 나누고, 동네 꽃집에서 식물 관리에 대한 꿀팁을 얻는 엄마처럼. 그런데 나이가 부끄러울 만큼 나는 여전히 어설프다. 언젠가 집 근처에서 마음에 드는 식당을 발견했다. 매일 메뉴가 바뀌는 집밥 스타일의 건강식을 먹을 수 있는 집인지라 앞으로 자주 들르게 되겠다고 생각했다. 그런데 첫 방문에서 날카로운 실패를 맛봤다. 음식은 맛있었고 식당은 청결했다. 주인도 친절했다. 문제는 나에게 있었다. 새로운 일을 시작할 때의 산뜻한 마음을 잃지 않은 주인은 식당에 혼자 있는 나에게 다정하게 말을 걸었다. 요즘 제철인 식재료와 장바구니 물가에 대한 정보를 건넸고, 왜 점심 식사가 늦어졌는지 물었다. 그런데 예상치 못한 대화에 당황한 나는 얼굴이 벌게져버렸다. 당황하는 나 자신에게 당황해 식은땀까지 났다. 결국엔 허겁지겁 밥을 먹고 도망치듯 가게를 나와야 했다.

마음에 드는 곳을 발견할 때마다 그 아름다운 '장소'의 일원이 되고 싶은 마음과 익명성이 보장되는 '공간'에 숨고 싶은 마음이 충돌한다. 열에 여덟은 후자가 이기고, 결국 나라는 존재에 아무런 관심이 없는 프랜차이즈 커피 전문점으로 기어들어간다. 그런데 얼마 전 스타벅스에서 평소처럼 사이렌 오더로 주문한 아이스 아메리카노가 나오길 기다리고 있는데 직원이 이렇게 말을 건네 왔다. "미지근한 물도 같이 드릴까요?" '차가운'도 아니고 '뜨거운'도 아닌 '미지근한' 물의 상냥함이라니. 아니, 그보다 요청하지도 않았는데 먼저 물을 챙겨준다니. 당연히 기계적인 서비스만을 기대하게 되는 공간에서 건네받은 뜻밖의 배려에 황송해하고 있는데 그는 이렇게 덧붙였다. "매장 온도가 너무 낮으면 말씀해주세요." 그 이후로 직원은 당연한 듯이 나에게 차가운 커피와 함께 미지근한 물을 건넨다. 나는 이곳의 단골손님이었던 것이다.

지금 살고 있는 동네에 막 이사 왔을 무렵에 단골집이라고 할 만한 곳이 있었다. 맛있는 안주와 식사 메뉴가 있는 이자카

야였는데, 그곳이 있다는 사실만으로도 아직 정이 붙지 않았던 동네가 좋아졌다. '이런 불모지에 이렇게 보석 같은 술집이 있다니! 이 술집에 오기 위해서 이 동네로 이사 온 건지도 몰라.' 사장님과 사모님도 마음을 편안하게 해주시는 분들이어서 일주일에 서너 번은 갈 정도로 그곳을 좋아했고, 친구들이 놀러왔을 때도 조금 으스대는 마음으로 그곳에 데려갔다. 그곳은 빠른 속도로 우리에게 공간에서 장소가 되었다.

그 술집은 이제 우리 동네에 없다. 코로나 기간 동안 이미 나의 일상에서 사라진 그곳은 지난겨울 문을 닫았고, 그 자리에는 무인 아이스크림 가게가 새로 들어섰다. 요즘 들어 무인 아이스크림 가게가 많이 생기는 이유가 아이스크림의 인기가 높아져서는 아닐 것이다. 인건비와 재고 부담이 적은 무인 가게의 등장은 더 이상 심폐 소생할 수 없는 죽은 상권과 경제를 의미한다는 서늘한 이야기를 들은 적이 있다. 이 근방에 무인 아이스크림 가게는 이미 세 군데나 된다. 아무도 만나지 않고 반찬거리를 살 수 있는 무인 밀키트 가게와 무인 스터디 카페, 무인 세탁소도 있다.

며칠 전 그 앞을 지나다 생수를 사러 무인 아이스크림 가게에 들어갔다. 처음 사용해보는 무인 시스템에 내부를 두리번거리다 창문에 붙어 있는 메모를 들여다보게 되었다. 다녀간 사람들이 붙여놓은 포스트잇 조각들이었는데, 주로 '콘칩 골드'나 '파워에이드 큰 것'을 부탁한다는 요청이 주를 이루었지만 "완전 싸고 좋음!"이라거나 "부자되세요"라는 글귀도 있었다. "여기, 사람 있어요"와 같은 느낌이랄까. 가게에서 만나볼 수 없는 주인은 쪽지에 일일이 답변을 달아놓았다. 아직까지는 사람들이 물건을 사면서 누군가와 대화를 나누기를 원한다는 것을 증명하는, 환대가 조금씩 사라져가는 시대에 잔존하는 환대의 조각들이었다.

고양이들의 도시

예전 회사 뒷길에는 동네 고양이들이 많았다. 회사에 고양이들의 식사를 챙기는 사람들이 많았기 때문이다. 회사 바로 옆에 펫푸드숍까지 있어서 간식을 조달하기에도 수월했다. 회사 사람들은 점심을 먹고 돌아오는 길에 밥이나 물을 갈아주고, 츄르로 고양이들을 유혹하며 얼마간의 시간을 보냈다. 나의 경우에는 주로 새벽 시간의 고양이들과 만났다. 야근이 많은 회사라 한 달에 일주일쯤은 자정 이후까지 회사에 머물렀는데, 사무실의 공기를 더 이상 참을 수 없는 새벽 1시경에 탈출하면 언제나 고양이들이 있었다.

낮 시간의 고양이와 밤 시간의 고양이는 사뭇 다른 생명체 같다. 낮 시간의 고양이가 귀엽고 친근하다면 밤 시간의 고양이는 보다 신비롭고, 위엄 있고, 야성적이다. 편의점 파라솔 밑에서 맥주나 컵라면을 먹으며, 혹은 인적이 사라진 뒷길을 산책하며 어슬렁거리는 고양이들을 지켜보다 보면 이곳이 고양이들의 도시로 보였다. 다정하거나 무뚝뚝한 인간들은 모두 집으로 돌아가고, 주차장을 드나들던 위협적인 차들도 사라졌고, 혹독한 겨울을 지나 드디어 따뜻해지기 시작한 초봄의 밤, 그것은 분명히 고양이의 시간이었다.

그중 한 고양이의 이름은 '앙마'였다. 펫푸드숍에 사는 고양이였는데 다른 동네 고양이들처럼 길에 나와 있는 시간이 많았다. 밖에서 알아서 한참 놀다가 때가 되면 집으로 돌아가는 모양이었다. 앙마는 그 아이에게 썩 잘 어울리는 이름이었다. 비단 같은 검회색 털과 노란 눈, 기괴한 표정과 앙증맞은 걸음걸이가 공존하는 앙마의 그로테스크한 매력은 정말이지 특별한 것이었다. 우리는 앙마의 매력에 빠져들었고, 무려 '고양이 간식을 파는 가게의 고양이'인 앙마는 그 동네에서 부잣집 딸내미쯤 됐다. 사랑도, 음식도 풍족했을 거다. 그런데 앙마의 가장 신통한 점은 혼자서 잘 먹고 잘 살지 않는다는 것이었다. 독자생존이 고양이라는 종의 특성 아니었나? 특별한 의리를 가진 앙마는 배고픈 친구들을 몰고 다녔다. 펫푸드숍 주인아주머니는 종종 앙마가 길에서 사는 친구들을 데리고 와서 음식을 먹게 해준다는 이야기를 들려주셨다. 이 역시 인간의 시선이 개입된 오해일 수 있지만, 어찌됐든 앙마와 친구들로 인하여 풍요롭던 시절이었다.

나는 회사를 그만둔 후에 이들의 존재를 잊고 있었다. 몇 년 전에 앙마를 보며 함께 행복해하던 친구로부터 펫푸드숍 주인아주머니가 가게를 폐점하며 앙마의 입양처를 알아보고 있다는 소식을 전해 들었다. 동네를 오가던 앙마가 흘러 들어와서 가게에서 데리고 있었지만, 집에서 키우실 형편은 안 되었나보다. 그러니까 앙마는 다른 집에 입양되어 지금쯤 그곳을 떠났을 것이고, 고양이들의 간식을 조달하던 펫푸드숍은 사라졌을 것이다. 앙마의 친구들은 여전히 그곳에서 잘 지내고 있을까? 의기양양하고 앙증맞던 앙마의 도시는, 고양이들의 생태계는 어떻게 변했을까?

아주 오랜만에 앙마와 친구들, 그리고 우리 집에 사는 고양이를 동시에 떠올리게 된 것은 정재은 감독의 다큐멘터리 〈고양이들의 아파트〉를 보고 나오면서다. 사람이 아무도 없는 극장에서 홀로 영화를 보고 나오니, 인적이 끊긴 거리에서 시작되는 고양이의 시간이 생각났다. 재개발을 앞두고 철거되는 둔촌주공아파트를 배경으로 하는 이 영화는 이삿짐을 옮기는 사다리차의 굉음으로 시작된다. 사람들은 떠나고, 고양이들은 남는다. 단지를 걸어서 돌아보려면 한나절 걸린다는 둔촌주공아파트는 그 자체로 하나의 도시처럼 느껴진다. 이곳은 고양이들이 살 만한 도시였던 것 같다. 돌보는 사람이 많고 위험한 외부 요소들이 어느 정도 차단되어 있어 인간과 고양이들이 평화롭게 공존하는 일시적인 유토피아가 조성되었던 것이다.

이 장소에 대한, 인간에 대한 좋은 추억을 지닌 250여 마리의 고양이들은 사람들이 떠나고 황폐해진 유토피아를 좀처럼 떠나지 않으려 했고, 어렵사리 다른 곳으로 유인해도 이내 다시 돌아왔다. 본격적으로 건물을 무너뜨리기 시작하면 고양이들이 피난 갈 시간을 기다려주지 않을 것이다. 그리하여 주민들과 활동가들은 고양이들을 다른 곳으로 무사히 이주시키기 위해 고군분투한다.

영화 속에서 비춰지는 녹음이 우거진 오래된 주공아파트 단지는 아름답다. 그러나 역시나 '주공아파트 키즈'였던 나는 그것을 마냥 아름답다고만 말할 수 없다는 것을 안다. 언젠가 오래된 한옥을 작업실로 삼은 한 예술가를 만난 적이 있다. 그가 한옥에 켜켜이 쌓인 생활의 흔적이 아름답다고 말했을 때, 나는 왠지 모르게 부모님 집의 날긋해진 벽지를 떠올렸다. 세상의 모든 집이 그렇듯이, 그곳을 둘러싼 기쁨과 좌절, 안도와 후회, 부심과 수치심, 환희와 지리멸렬함 등을 떠올려보면 세월이 흘러 빈티지한 외관을 가지게 된 아파트를 보면서 아름다움을 소비할 수만은 없는 것이다.

"재개발 차익을 바라고 들어왔지만 이제는 정이 들어서 이곳을 떠나기가 아쉬워졌다"는 영화 속 등장인물의 말처럼, 한국의 아파트는 우리 모두에게 욕망의 장소이자 생존의 장소다. '재건축' 하면 곧장 '분양권' '전매' '실거주' '갭투자' 같은 말이 뒤따르고, 살고 있는 아파트의 평수대로 계급이 형성되는 아파트 공화국. 언젠가 놀이터가 없는 빌라에 사는 어린이들이 아파트 단지의 놀이터를 사용하자 해당 아파트 단지의 거주민들이 항의하여 놀이터 문이 굳게 닫혔다는 뉴스를 보았다. 인간들의 욕망이 만들어낸 성벽이 둘러져 있는 아파트 단지 안에 머물며 각자의 이기심을 키우는 동안 우리는 종종 이 도시를 함께 사용하는 타인도, 고양이도, 다른 비인간 존재들도 잊는다. 아파트가 싫지만 그렇다고 해서 떠나지도 못하는, 이러지도 저러지도 못 하는 상태로 성벽 안에 자기 자신도 가둔다. 그러는 동안 도시의 또 다른 주인인 고양이들은 인간들의 번뇌가 구획한 경계를 우아하게 넘나든다. 치열하게 싸우고, 물과 음식을 구하고, 가끔은 목숨도 걸면서.

그렇다면 인간은 이 경이로운 생명체와 어떤 관계를 맺을 수 있을까. 동네 고양이들에게 손을 내밀어도 될까. 주머니에 츄르를 넣고 다녀도 될까. 과연 내가 입양해도 될까. 얼마큼 다가가도 될까. 우리는 어느 정도의 거리를 유지해야 하나. 어떻게 가까워지고 또 어떻게 멀어져야 하나. 언제나 어려운 문제다. 영화 속에서 한 등장인물이 던진 이야기가 생각난다. "고양이들의 시선에서 인간이 어떻게 보이는지 아세요? '캔 따개'에요." 그렇다면 이왕이면 좋은 캔 따개가 되고 싶은 욕망은 과연 옳은 것일까. 누구도 정확한 답이 있지 않지만 영화 속에서 좋은 이별을 위해 분투하는 이들을 지켜보다 보면 자기 안에서, 공동체 안에서, 그리고 고양이들에게 '계속해서 묻는 것'이 우리가 할 수 있는 유일한 일이라는 생각을 하게 된다. 고양이들의 마음은 결코 알 수 없지만 그들을 사랑하는 사람들은 끊임없이 묻는다. "여기에 있고 싶니? 다른 곳으로 가도 괜찮겠니?" "10년 간 여기에서 잘 살았지? 좋은 추억도 많지?" 고양이뿐 아니라 지구에 사는 모든 생명체와도 마찬가지일 것이다. 만남은 조심스럽게, 관계는 세심하게, 작별은 정중하게. 살면서 마주친 무수히 많은 동네 고양이들이 알려준 것이다.

새로 이사 온 옆집 남자와 엘리베이터 앞에서 종종 마주친다. 언제나 해사한 그를 보며 모두가 우중충한 아침 시간에 홀로 기분 좋은 사람이 있다는 것, 엘리베이터 안에서 지역 광고를 들여다보는 대신에 잡담이라는 것을 시도할 수 있다는 것을 알게 됐다. 그는 17층부터 1층까지 엘리베이터가 내려오는 동안 끊이지 않고 대화를 이어갈 수 있는 스몰토크의 제왕이다. 언젠가는 아파트 앞 상가까지 걸어 나갔는데 뒤에서 계속해서 말소리가 들려왔다. 나의 상식으로는 문이 열리는 동시에 엘리베이터 안에서의 대화는 자연스럽게 종료되는 것이었데, 그는 아직 말을 끝내지 않았던 것이다. 그런 그가 번거롭거나 성가시다는 이야기를 하려는 건 아니다. 부자연스러운 침묵의 공간을 활발한 소통의 공간으로 바꾸는 그의 능력이, 진심으로 부럽다.

언젠가부터, 아니 정확히 말하자면 서울의 부동산이 널을 뛰면서부터 이사 가는 집도, 이사 오는 집도 많아졌다. 우리가 사는 아파트에 이사 오는 사람들 중에는 비슷한 또래의 젊은 부부가 많이 눈에 띈다. 서울 전체에 일어나고 있는 젠트리피케이션의 일면일 것이다. 엉덩이를 반쯤 들고 언제라도 이

사 갈 마음의 준비를 하고 있는 우리와 달리, 아마도 무리해서 첫 집을 샀을 그들은 인테리어 공사에도 공을 들이고 옆집과의 관계에도 제법 신경을 쓰는 눈치다. 남편과 언젠가 이런 이야기를 나눈 적이 있다. 그런데 정말 이들 중 누군가와 친구가 될 수 있을까?

오랫동안 아파트에 살았지만 이웃이라는 존재가 나에게 의미 있었던 건 어린 시절뿐이었다. 한 층에 12세대까지 있던 복도식 아파트의 복도 끝에서 끝까지 뛰어다니는 옆집 언니 오빠들을 구경하는 것이 어린 시절의 중요한 일과였고, 초등학교 때까지만 해도 야심한 밤에 옆집 사는 친구의 방 창문을 두드리고 속닥거렸던 기억이 난다. 스무 살이 넘어 부모님 몰래 마련했던 임시 거처들, 대학교 앞 원룸텔, 옥탑방, 그리고 오피스텔에서 마주하는 이웃들은 사실 친근하기보다는 두려운 존재였다. 늦게 들어가는 날에 집 앞에서 담배를 피우고 있는 검은 물체를 보면 심장이 덜컥 내려앉았고, 집 안에 머무는 동안에는 조그만 소리에도 신경이 곤두섰다. 술 취한 아저씨와 함께 탄 엘리베이터에서 숨죽이던 기억은 셀 수 없이 많고, 이건 지금도 마찬가지다. 실제로 위협이 존재했고, 아무도 위협하지 않아도 위협적이었다. 간신히 확보한 손바닥만 한 크기의 자유를 어떻게 지켜야 할지 잘 몰랐고, 안전과 평화는 너무나도 불확실한 것이었기 때문이다.

그리고 친구들이 없는 낯선 동네에 살게 된 지금, 물리적으로 가장 가까이에 있는 이웃은 단 한 번도 본 적 없는 트위터 팔로워보다 멀게 느껴지는 존재다. 트위터 팔로워의 기쁨과 슬픔과 분노(주로 분노 쪽이다), 정치 성향에서부터 라면 취향까지 속속들이 알고 있는 반면에, 나와 같은 엘리베이터를 타고 내려가 같은 투표소로 향할 이웃 사람의 머릿속에는 무엇이 들어 있을지 짐작하기 어렵기 때문이다. 그들이 가진 절박한 문제, 같은 구조겠지만 각기 다른 미감으로 꾸며져 있을 거실이나 식탁 풍경도 알지 못한다. 배달 음식의 잔향은 언제나 엘리베이터에 남아 있을지언정 말이다. 사실 궁금해해본 적도 없다. 그들을 나와 같이 생각하고 판단하고 움직이는 한 사람이라기보다는 그냥 일상의 배경쯤으로 여기고 있기 때문일 거다.

내가 팔로잉한 이들로 구성된 트위터를 보고 민심을, 경향을, 정세를 짐작하려는 시도를 두고 소위 '내 옷장에 머리를 처박고 다음 시즌의 유행을 점치는' 행동이라고들 한다. 매우 적절한 표현이다. 나의 타임라인은 축소된 세상이 아니다. 내가 SNS에서 보는 것은 세심하게 선별된 '소수의견'일 뿐, 진실이 아니다. 그렇다면 진실은 어디에 있나? 이웃의 머릿속에 있다.

이웃이 나의 일상에 조금씩 끼어들 수 있는 살아 있는 존재라고 느끼게 된 것은 아마도 아이가 생기면서부터일 것이다. 옆집 남자도 나와 1+1인 작은 존재가 있기에 조금 더 수월하게 말을 걸었을 것이다. 9층쯤에서 언제나 강아지를 안고 엘리베이터에 타는 중년 여성분이 있는데, 추우면 '이렇게 추운 날씨에' 더우면 '이렇게 더운 날씨에' 어린이집에 가겠다고 집을 나선 작은 존재를 한결같이 대견해하며 따뜻하게 격려해주신다. 내가 불필요하게 여긴 이웃과의 교감이 세상에 처음 나선 작은 존재에게는 엄청난 환대가 된다는 사실을 그분을 보며 깨닫는다. (물론 이 교감에서 나는 덤일 뿐이다. 아이 없이 나 혼자 있을 때 집 근처에서 그분을 마주쳐 반가운 마음으로 인사를 드렸더니, 누구인가 싶은 얼굴로 어리둥절해하셨다.)

한 번은 내가 문 앞에서 쓰레기 봉지를 추스르는 동안 아기가 혼자 엘리베이터에 탄 적이 있다. 그때는 간신히 걸음마를 뗀 아기였던지라 새하얗게 질린 나는 경악하며 계단으로 뛰어 내려갔다. 17층부터 1층까지 뛰어 내려가는 동안 엘리베이터 안에서 퍼져 나오던 아이의 울음소리가 중간 정도부터 들리지 않았다. 말 그대로 미친 여자처럼 뛰어 내려갔지만 점점 더 엘리베이터의 속도에 뒤쳐졌고, 아이의 울음이 들리지 않아 나쁜 상상은 증폭됐다. 그런데 1층에 도달하니 아이는 한 여성분의 손을 잡고 얌전히 서 있었다. 아이의 울음이 들리지 않았던 것은 중간에 엘리베이터에 탄 그분이 아이가 무섭지 않도록 어르고 말을 걸어주셨기 때문이었다.

아직 1+1의 존재가 어색하던 시절, 엘리베이터에서 한 아이의 엄마를 만난 적이 있다. 같은 19년생 아이를 키운다는 사실을 알게 되자 그는 "언제 저희 집에 한번 놀러오세요"라고 말하고 엘리베이터를 나섰다. 사실 당시 나는 그 말이 그리 반갑지 않았다. 호르몬이 날뛰던 시절이어서인지 오히려 작은 반발심까지 느꼈다. 엄마라는 사회적 역할을 수행하며 이제부터 내가 스며들어야 하는 세계, 모나거나 유별나거나 불화해서는 안 되는 세계에 섣불리 진입하고 싶지 않았던 걸까. 그로부터 며칠 후, 엘리베이터 안에 '19년생 아이를 키우는 엄마들끼리 친구해요'라는 쪽지가 붙었다. 그것이 나에게 보내는 메시지라는 것을 알면서도 나는 그 쪽지를 볼 때마다 고개를 숙이거나 눈을 피했다. 그리고 어느 날 그 쪽지가 떼어졌을 무렵, 하찮은 안도의 감정을 느꼈다. 지금 생각해보면 그것은 나와 정확히 똑같은 감정을 통과하던 한 여성이 보낸 구원의 손길이자 연대의 표시였을 것이다.

새삼스레 나라는 사람의 지정학적 위치를 생각해본다. 이웃이라는 생경한 존재는 평상시에 지겹게 생각하는 나의 우주가 아닌 타인의 우주를 떠올리게 한다. 이 세계는 결코 나를 중심으로 돌아가지 않는다는 진실도 상기시킨다. 내가 아닌 존재에 대한 최소한의 관심과 책임감을 가져야 비로소 지켜지는 세계가 있다. 전 세계가 파란색과 노란색으로 물결 치고 있는 지금, 우크라이나의 이웃 국가들은 피난민들을 돕기 위해 국경을 허물고 있다. 평화로운 한 세계를 무참히 짓밟을 수 있는 것도, 지지와 도움의 손길을 뻗을 수 있는 것도 이웃이라는 당연한 진실을 절실하게 깨닫는다. 벽 하나를 사이에 두고 살고 있는, 가깝고도 멀고, 멀고도 가까운 사람들에게 나는 어떤 환경일까? 우리들 각자가 간신히 지탱하고 있는 20평 남짓한 크기의 자유와 평화는 어떻게 유지될 수 있을까? 우리가 유지해야 하는 적절한 거리는 무엇일까?

예민한 것이 살아남는다

오늘 아침에 본 뉴스 하나. 일본 소니그룹 엔지니어들이 사람 손의 움직임과 온기를 느낄 수 있는 '로봇손'을 개발했다고 한다. 멀리 떨어진 사람과 대화를 나누며 바로 앞에 있는 로봇손을 통해 맞잡은 손의 촉감을 느끼라는 것이다. 일본에서 만들어진 물건들이 종종 그러하듯 이 로봇손도 꽤나 치밀하게 만들어진 것 같다. 손의 부드러운 감각을 살리기 위해 젤을 이용했고, 따뜻한 피부 온도를 재현할 수 있도록 내부에는 혈관과 같은 형태의 튜브를 삽입했으며, 자연스러운 손의 움직임이나 악력을 만들어내기 위해 손 관절은 물론 손목, 팔꿈치, 어깨 관절까지 만들었다고 한다. 이 로봇손은 현재 일본의 한 크라우드 펀딩 사이트에서 펀딩 중이며, 사이트에서 모인 돈으로 가상 악수 체험회를 열 계획이라고 한다. 차가운 철제도, 딱딱한 플라스틱도 아닌, 뜨뜻미지근하고 물컹한 로봇손이라니, 어떤 느낌일지 상상이 가지 않는다. 아니, 별로 경험하고 싶지 않은 쪽에 가깝다. 언젠가 이 로봇손이 아쉬울 정도로 사람의 온기가 절박해지는 날이 올까?

우리는 지금 맞잡은 손의 온기와 악력이 희미하게 느껴지는 시절을 통과하고 있다. 지금 거리로 나가서 악수를 권한다면, 누구라도 적절히 대응하지 못하고 순간적으로 굳어버릴 것이다. 비말이 뒤덮인 손을 내미는 행위는 더 이상 평화와 동맹을 상징하지 못한다. 아니, 오히려 위협과 파괴에 가깝다.

물론 오랜 관습은 하루아침에 바뀌지 않는지라, 여전히 악수의 죽음을 받아들이지 못하는 사람들이 많은 것 같다. 연말 시상식에서도, 국회에서도, 그리고 스포츠 경기장에서도 무심코 상대에게 손을 내밀다 거부당한 사람들의 어정쩡한 모습이 포착됐다. 악수를 나눌 만큼 거창한 자리에 나설 일도 없고, 잘 알지 못하는 타인과 손을 맞잡는 행위 자체를 어색하게 생각하는 나 같은 사람에게 악수의 죽음은 그리 섭섭하지 않은 일이다. 사실 시원하기까지 하다. (그러나 몸으로 하는 모든 일에 능숙하지 않은 듯한 정치인들이 어색하게 주먹이나 팔꿈치로 인사를 나누는 모습을 보는 것도 그 못지않게 괴롭다. 주먹 인사도 안 된다고요.) 이제 우리는 타인과 접촉하지 않는 방식으로 호의를 표현하고 신뢰를 획득하며 평화를 지켜내는 일에 익숙해져야 한다.

거의 모든 질서를 재편하고 있는 코로나 사태로 인해 현대의 에티켓도 재정의되고 있다. 과거에는 건물의 출입문을 지날 때 뒷사람을 위해 문을 잡아주는 것이 예의 바른 행동이었다면, 이제는 빠르게 먼저 지나가서 안전거리를 확보해주는 쪽이 나을 것이다. 일상에서 느끼는 가장 큰 변화는 누구도 먹을 것을 쉽게 권하지 않는다는 것인데, 떠날 듯 떠나지 않고 테이블

주변을 어슬렁거리던 '한 입만'의 유령이 사라졌다. 택시 안에서 이어지는 스몰 토크에는 원래 고단한 측면이 있었지만 이제는 실질적인 신체의 위협으로 다가온다. 물론 위험은 기사님들이 더 많이 노출되어 있으니, 웬만해서는 서로를 위해 입 다물고 가게 된다. 거리에서 침 뱉는 사람들은 멸종했다. 흙먼지가 입에 들어간다는 이유로 그 행동을 전통처럼 이어온 야구 선수들도 공식적으로 침 뱉기를 금지당했다고 한다. 어떤 면에서는 무척이나 피곤하지만 어떤 면에서는 멀고 먼 길을 돌아 이제야 정상으로 돌아온 기분도 든다.

전 세계의 어린이들은 스킨십의 의무에서 조금은 벗어났다. 가족이나 친척은 물론이고 엘리베이터나 지하철에서 만난 어른에게도 뽀뽀로 응답해야 했던 어린이들의 공식적인 업무가 하나 덜어진 것이다. 간혹 내 손을 잡고 있는 아이의 입에 손자 몫으로 챙겨 두신 젤리를 넣어주시는 어르신들이 있는데, 무안하지 않으시게끔 정중히 만류할 수 있는 방법이 무엇인지는 여전히 잘 모르겠다. 그래서 보통은 그냥 웃으며 넘어가는데, 나의 이런 불안한 감정들이 아이에게 과연 어떤 영향을 끼칠지도 잘 모르겠다. 얼마 전에는 아이가 병원 놀이 키트를 가져오더니 그 안에 있는 뾰족한 무언가로 자신의 코를 찔렀다. 뭐하는 거냐고 물었더니 "코로나 검사 하는 거야" 하고 태연하게 답한다. 인생의 경험치는 3년에 불과하지만 마스크를 벗으면 큰일 나는 줄 알고, 아프면 코로나 검사를 해준 '잘생긴 형아'를 만나러 보건소에 다녀오자는 아이 앞에서 종종 말문이 막힐 때가 있다. 분명한 것은 청진기를 대거나 주사를 놓는 것보다 콧구멍을 찌르는 것이 더 익숙한 시기에 태어난 어린이들은 새로운 정상성을 탑재한 시민으로 성장하리라는 것이다.

코로나 이후의 시대에도 유지됐으면 하는 것들이 몇 가지 있다. 앞서 열거한 새로운 감각의 매너가 그렇다. 무언가를 하기 전에 잠시 망설이는 시간, 누군가에게 다가서는 대신 물러나는 몸짓, 관습을 전복하고 하던 대로 하지 않아 보는 경험들이 귀하다. 무엇보다 잊고 싶지 않은 것은 나라는 존재가 타인에게 유해할 수 있다는 사실의 자각과 그로 인한 배려의 감각이다. 원래 우리에게 필요했지만 우리 사회에 절대적으로 부족했던 감각들이다.

그것은 정확히 각자가 가진 예민함만큼의 거리일 것이다. 오랜 세월 동안 우리 사회에서 피곤하고 유별나며 까탈스러운 것으로 여겨졌던, 그리하여 억누르고 참아 넘기는 것으로 대체되었던 그 감각이 절실히 요구되는 시절이다. 하지 말아야 할 일들의 경계를 예민하게 설정할 수 있는 사람만이 최소한의 자유를 확보할 수 있다. 더불어 생존에도 유리할지도 모른다. 《다정한 것이 살아남는다》 식으로 말하자면 '예민한 것이 살아남는다' 정도가 될까.

며칠 전에 들른 카페의 화장실에서 귀여운 여성분을 만났다. 그가 막 나온 칸막이로 내가 들어가려고 하자 그는 부끄러운 듯 웃으면서 다른 쪽 칸막이를 가리켰다. "엇…. 저쪽으로 들어가시면 안 될까요?" "물론 됩니다"라고 웃음으로 답한 후 화장실을 사용하고 나오니 그는 여전히 손을 씻고 있었다. 개인용 물비누를 꺼내서 오랜 시간 동안 손의 마디마디를 씻은 뒤, 비눗물을 꼼꼼히 흘려보내고, 가방에서 손수건을 꺼내 침착하게 손을 닦고 종이 타월을 한 칸 끊어 손잡이 부분을 감싸 쥔 후 문을 열고 나갔다. 코로나 시대의 손 씻기의 모범과도 같은 모습이었다. 멀찌감치 서서 내 순서를 기다리는 시간이 전혀 지루하지 않았다. 그 모습은 정말 우아했다.

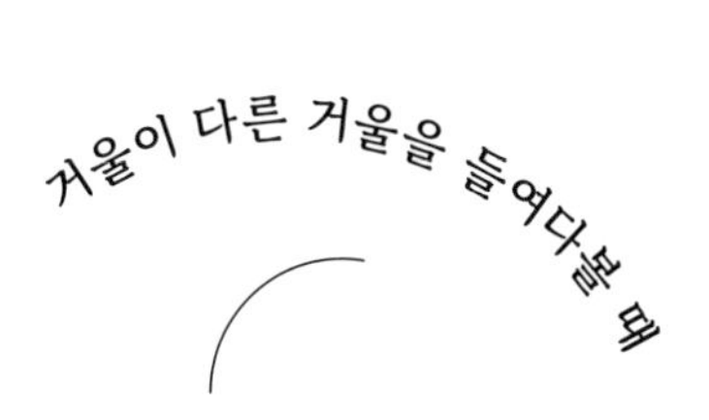

거울이 다른 거울을 들여다볼 때

벚꽃이 피는 계절에 부산에 갔다. 정확히 말하자면 벚꽃이 만개하기 일주일 전의 부산이다. 숙소 창문 너머로 바라보이는 벚꽃나무에는 8할의 벚꽃이 맺혀 있었다. 2할에 대한 아쉬움이 있었음에도 불구하고 아름다웠다.

도착한 다음 날에는 작은 바닷가 카페에 갔다. 햇빛이 반사되어 반짝거리는 바다를 마주하고 있는 이 카페는 나의 예상보다 훨씬 더 아름다웠다. 이곳을 먼저 발견했다면 나라도 카페를 차리고 싶었을 것이다. 어디에서도 바다가 보이고, 좋은 커피향이 나며, 조용한 음악이 흐르는 아주 작은 카페를 떠올렸을 것이다.

그러나 가끔 예상과는 다른 일이 벌어진다. 이 이상적인 카페에는 기대와는 조금 다른 풍경이 펼쳐져 있었다. 그러니까 그곳은, 포토존이 되었다. 커피 내리는 소리와 음악 소리를 모두 압도하는, 정신이 얼얼할 정도의 찰칵거리는 소리가 있었다. 봄날과 벚꽃과 일요일의 특별한 조합 때문인지도 모른다. 어찌됐든 그날은 그랬다. 창가에 있던 내가 자리를 비우기가 무섭게 창밖 풍경을 앵글에 넣으려는 사람들이 카메라를 들이밀고 사진을 찍기 시작했다. 누군가의 앵글에 잡힐까봐 몸을 움직이는 것도 쉽지 않았다. 직원은 체념한 듯이 중얼거렸다. "얼굴은 나오지 않게 찍어주세요."

모두가 알다시피 이 문제는 그리 간단하지 않다. 누군가를 탓할 수 있는 것도 아니다. 우리는 언제나 아름다움을 남기고 싶다. 내가 그 아름다움에 속해 있었다는 사실을 증명하고 싶다. 그런데 그 욕망이 바로 그 순간을 엉망진창으로 만든다. 눈치 없이 창가에서 얼쩡거리고 있는 머저리가 비키기를 기다리는 동안 아름다운 것은 사라져버린다. 그 세계에 들어가지 못하고 주변부에만 서 있다 돌아오게 된다.

이건 작은 바닷가 카페의 문제만은 아니다. 식당에서도, 미술관에서도, 예식장에서도 이런 일들은 언제나 벌어지고 있다. 누군가를 탓하기 위해서 쓰고 있는 글은 아니다. 나의 휴대폰만 해도 이런 이미지들이 수천 장쯤은 있기 때문이다. 다만 이날은 거울에 다른 거울이 반사될 때 나타나는 왜곡된 상처럼 이 장면이 기이해 보였고, 내가 매일같이 하고 있는 행동에 대해, 그 행동을 하는 동안 내가 놓친 것들에 대해 생각해보게 됐다.

언젠가부터 우리가 사는 도시에 괴상한 공간들이 출현하기 시작했다. 그곳은 눈에 띄는 색깔이 칠해져 있고, 착시 효과를 불러일으키는 패턴이나 독특한 장식물이 있으며, 컵 받침까지 내용물이 흘러내리는 커피나 지나치게 뚱뚱해진 마카롱처럼 눈을 의심하게 되는 디저트가 있다. 그 의도가 가히 짐작되는 것이 있는가 하면 전혀 영문을 모르고 있다가 한참 후에 깨닫게 되는 것도 있다. 이를테면 식사하기에는 지나치게 낮은 테이블이 있는 이유는 높은 앵글에서 찍어야 음식 사진이 좀 더 잘 나오기 때문이라는 거다. 한 시간도 채 앉아 있기 힘든 높은 의자도 마찬가지 맥락에서였다.

문제는 누구도 이 유행에 만족하지 못하고 있다는 것이다. 인스타그램에서 본 공간을 찾아 갔다가 실망한 경험이 누구에게나 있을 것이다. 손바닥만 한 공간만 그럴 듯하게 가꾸고 나머지는 아무래도 좋다는 생각은 정말이지 나쁘다. 맛이나 청결 등의 보이지 않는 요소나 디테일들은 완전히 무시된다. 그럼에도 불구하고 이런 공간들의 이미지는 끊임없이 SNS에 떠돈다. 돈과 시간을 들여 이곳까지 왔는데, 만족스럽지 못해도 SNS에라도 올려야겠다는 보상심리 때문일 것이다. 이 때문에 이런 공간들은 또 다시 양산된다.

그리하여 이 독특한 미감은 무수히 많은 공간의 질서와 운영 방침에 영향을 미친다. 호텔은 웅장한 로비와 착시 효과를 불러일으키는 수영장을 만들고 미술관은 인스타그래머블한 전시를 기획하며 박물관은 한쪽 벽면을 금색으로 칠한다. 서울뿐 아니라 모든 대도시에서 일어나고 있는 일들이다. 보는 것 따위는 아무래도 상관없는, 오로지 보이기 위한 것들의 성찬. 이처럼 파괴적이면서도 공허한 유행이 있었던가. 그래서 요즘에는 별다른 개성이 없어도 맛있는 음식을 내는 평범한 동네 가게가 소중하게 느껴진다. 사진을 찍어야겠다는 욕망을 불러일으키지 않는 공간에서 찰칵거리는 소음 없이 보내는 시간이 귀해진 것이다.

유행은 바뀌고 유행을 둘러싼 풍경은 금세 변한다. 그런데 몸에 아로새겨진 감각은 잘 변하지 않는다. 이러한 유행을 통해 우리가 잃어버리게 된 것은 나의 두 눈을 통해 세상을 보는 감각일 것이다. 사물을, 공간을, 세상을 피상적으로 보는 대신 제대로 감상하기 위해서는 당연하게도 적절한 거리와 여백이 필요하다. 그러나 우리는 시시때때로 나와 세상 사이의 공간에 카메라를 끼워 넣는다. 나의 아름다운 한때를 타인으로 하여금 발견되게 하는 일이 무엇보다 중요하다. 스스로를 주체가 아닌 객체로, 그러니까 타인의 구경거리로 만들고 있는 것이다. 그러나 당연하게도 타인은 나의 아름다운 한때에 별다른 관심이 없다. 맛있고 멋지고 아름다운 것들을 경험하는 순수한 즐거움을 100퍼센트 만끽하지 못한 나만 손해다. 손해는 손해대로 보면서 점점 시력만 나빠지는 기분이 든다. 좀 더 맑고 또렷한 눈으로 세계를 경험하고 싶다는 생각이 든다. 어디서부터 어떻게 해야 하는지는 잘 모르겠지만.

얼마 전 트위터에 1990년대 압구정 풍경이 담긴 사진이 한 장 올라왔다. 당시 '오렌지족'쯤으로 분류됐을 젊은이들이 가벼운 차림으로 활달히 거리를 걷고 있는 사진이었다. 이 사진을 게시한 이는 다음과 같은 짤막한 멘트를 곁들였다. '오, 아무도

휴대폰을 보고 있지 않다.'

당시의 젊은이들은 조금 더 또렷한 눈으로 세상을 바라보고, 온몸으로 세상을 감각하지 않았을까? 무슨 수를 써도 돌아갈 수 없고, 또한 제대로 알 수 없는, 맨눈으로 세상을 바라보던 시절의 감각이 궁금하다.

이메일을 보내며

노라 에프론의 한 에세이집에서 〈이메일의 여섯 단계〉라는 글을 읽었다. 〈유브 갓 메일〉이라는 아름다운 영화(중학생 때 첫사랑과 극장에서 처음으로 본 영화라 아주 생생하게 내용을 기억한다. 영화 내용처럼 그 아이는 PC 통신으로 만난 다른 여자 아이랑 사귀게 되었고, 첫사랑도 끝났다)를 만든 이답게, 에프론은 당시에는 완전히 새로운 기술이었던 이메일의 핵심을 곧장 간파한다. "이메일은 사람들과 교류하는 완전히 새로운 방법이다. 친밀하지만 친밀하지 않다. 수다를 떨지만 사실 수다 떠는 것이 아니다. 교류하는 것 같지만 그렇지 않다. 간단히 말해, 친구지만 친구가 아니다. 이 얼마나 획기적인 진전인가. 이메일이 없을 땐 어떻게 살았을까?"

노라 에프론은 언제나 본질이 무엇인지 안다. 이메일은 우리에게 더 이상 획기적인 신기술이 아니지만, 그 본질은 같다. 이메일을 주고받을 때, 우리는 친밀하지만 친밀하지 않다. 이메일의 목적은 친목 도모가 아니다. 이것이 내가 이메일을 좋아하는 이유다.

사회 초년생 때 선배들은 나를 '메일러mailer'라고 놀리곤 했다. 항상 누군가에게 메일을 쓰고 있어서다. 답답해 보였을 수 있다. 믿기 어려운 사실이지만, 그때만 해도 대세는 미팅이나 통화였다. 중요한 이야기일수록, 어려운 사람일수록, 공식적인 용건일수록 직접 만나러 가거나 전화를 걸어야 했다. 메일로 보냈으니 확인하라고 하는 일에는 용기가 필요했고, 메신저(MSN 메신저를 쓰던 시절이다)로 말을 거는 것은 거의 수다를 떨자는 것과 다름없었다.

그 후로 10년쯤 지났을 무렵, 업무 방식은 완전히 바뀌어 있었다. 대세는 이메일이 되었다. 이제는 누구도 전화를 받고 싶어 하지 않는다. 본론으로 들어가기 전의 형식적인 인사와 어색한 근황 토크가 두려운 것은 전화를 거는 사람뿐 아니라 받는 사람도 마찬가지인 것이다. 게다가 전화로 복잡하거나 예민한 이야기를 할 경우, 그 내용을 기억해서 정리해야 하는 일을 다른 사람에게 전가하는 셈이 된다. 전화를 받을 수 없는 개인들의 상황도 점점 더 폭넓어지고 있다. 그러니 아무 때나 불쑥 전화를 걸었다가는 아둔한 사람이 되기 십상이다. 망설임과 어설픔과 일말의 후회가 남는 업무상 전화 통화는 이제 구시대의 유물이 되었다.

누군가에게는 이메일 운운하는 이 글도 고색창연한 이야기일 것이다. 언젠가 밀레니얼 이후의 세대는 직장을 구하고 늙은이들과 소통하기 위해 이메일 사용법을 배울 것이라고 말하는 기사를 읽고 좀 놀랐던 기억이 있다. (그 기사에서는 심지어 이메일 사용을 첫 키스에 비유했다. 어른이 되기 위해 거쳐야 하는 통과의례라는 점에서.) 이제는 메신저로 일 이야기를 하는 것도 크게 무례한 일은 아니다. '메일 대신 카톡'이 새로운 매너일 수도 있다.

그러나 나는 여전히 이메일을 아끼고 또 아낀다. 다소 순발력이 떨어지는 편이기에, 상대방의 이야기를 곱씹어 생각해볼 수 있는 최소한의 시간이 주어진다는 사실을 다행스럽게 여긴다. 대면이나 전화 통화로 이야기를 할 때는 나도 모르게 신중하게 고민해야 할 제안을 승낙하기도 하고, 엉뚱한 이야기를 늘어놓기도 한다. 엇박의 농담을 던진 후에 혼자 자괴감을 느끼기도 한다. 즉각적으로 대답을 해야 한다는 점에서 카톡 대화창도 마찬가지로 부담이 된다. 나는 메일 내용을 몇 번이나 가다듬는 시간을 좋아한다. 머릿속에 엉켜 있던 생각이 조금씩 정리되고 제자리에 머물러 있던 일이 천천히 진전되는 시간이다.

나뿐 아니라 상대방도 메일 내용을 가다듬는 시간을 보냈을 것이다. 카톡 메시지나 SNS 상의 짧은 댓글과 달리, 어찌 됐든 완결된 형식을 갖추어야 하는 것이 서간문의 특징이니까. 최소한의 형식은 최소한의 정중함을 갖추게 해준다. 그리하여 타인의 정제된 메세지를 받을 수 있다는 것이 좋다. 나는 이메일의 형식이나 문체만으로 얼굴도 모르는 누군가에게 호감을 느끼기도 하고, 반대로 편견을 가지기도 한다. 기다리던 메일을 읽으며 행복감을 느끼기도 하고, 오지 않는 메일을 애타게 기다리며 많은 시간을 보낸다. 그럼에도 끝내 회신을 주지 않는 사람에게는 소심한 앙심도 품는다.

코로나 국면으로 전환된 이후의 업무는 대부분 이메일로 이루어지고 있다. 하나의 프로젝트가 시작되고 끝날 때까지, 수백 개의 메일이 오가고 수십 개의 스레드가 만들어질 때까지, 1년간 함께 일하면서 한 번도 만나지 않은 사람들도 있다. 그러나 신기하게도 메일을 읽으면 얼굴을 보지도, 목소리를 듣지도 못한 그 사람의 상이 선명히 떠오른다. 엑셀 문서처럼 알아보기 쉽게 용건을 정리해서 보내오는 발신자와 짧은 메일 안에서 날씨와 건강, 근황을 두루 살피는 발신자가 같은 사람일 리는 없다. (어느 쪽이 더 좋다는 뜻은 아니다.) 함께 일을 하다 보면 각자가 중요하게 생각하는 것을 알게 모르게 공유하게 된다. 함께 세운 목표와 일에 임하는 태도, 그로 인한 잔잔하고도 격렬한 감정을 나누다 보면, 단순한 친목도모 모임에서는 얻기 어려운 유대감을 느끼게 되기도 한다. 메일 발신자들의 상냥함, 사려 깊음, 단호함, 엄격함, 품위 같은 것들에 매번 감탄하며 나 역시 이들에게 전할 말을 고르고 또 고른다. 이메일 속 화자는 곧 나의 사회적 자아다. 나는 그 자아가 강인하고 선명하며 가능한 한 질척대지 않길 바란다.

얼마 전에 이들 중 한 명에게 어려운 이야기를 전해야 할 일이 있었다. 오랫동안 공을 들인 그의 작업을 완전히 뒤엎어야 하고, 나아가 우리가 생각한 방향이 전혀 다르다는 것을 설명해야 하는 일이기에, 나 역시 입이 바짝 말랐다. 좀처럼 떨어지지 않는 입맛도 떨어졌다. 초조하고 어두운 주말을 보내는 동안 점점 더 편한 방향으로 생각이 기울었다. 그래, 내 생각이 틀렸을지도 몰라, 그가 제시하는 방향이 맞을지도 몰라, 나 혼자만 찜찜하고 넘어가면 모두가 행복할 것이야. 그런데 마침내 월요일 아침에 되어 그에게 보낼 이메일을 쓰기 시작하자, 준비했던 것과는 전혀 다른 방향의 이야기가 흘러나왔다. 나는 그에게 모든 작업을 처음부터 다시 하자고 제안했다. 현실의 나라면 아마도 일요일 밤의 편안한 결론을 따랐을 것이다. 이메일 속의 나는 현실의 나보다 용감하다. 이메일 속의 나는 언제나 현실의 나보다 조금 더 나은 인간이다. 답장과 포워드, 참조의 세계가 없었다면 하지 못했을 일들과 이메일로 쓰지 않았다면 결코 하지 못했을 말들을 떠올려보면 새삼스레 고마워진다. 누구에게 고마워해야 하는지는 잘 모르겠지만.

노라 에프론의 〈이메일의 여섯 단계〉는 열광-해설-혼란-각성-적응-사망으로 이루어져 있다. 앞서 언급한 이메일 예찬은 '해설'에 해당하며, 결론은 조금 다르다. 노라 에프론은 결국 "그냥 전화해"라는 말로 글을 마친다. 나 역시 화상 통화, 구글 시트 공유, 워크스페이스 생성 등의 새로운 협업 툴을 밀고 들어오는 사람들에게, 언제라도 이렇게 말하고 있을 것 같다.

"그냥 이메일로 보내주세요."

세상의 모든 파티션은 사라지는 추세였다. 세련된 업무 환경을 자랑하는 공간일수록 더욱 그랬다. 개방된 커뮤니케이션과 빠른 의사 결정을 선호하는 진보적인 기업들은 파티션을 성가신 장애물쯤으로 여겼다. 개별 칸막이가 사라진 자리에는 길쭉한 공동 책상이 놓였다. 카페와 같은 공동 라운지가 폐쇄형 회의실을 대체하기도 했다. 아예 지정된 좌석 없이 옮겨 다니며 업무를 볼 수 있도록 계획된 사무실도 생겨났다. (이런 회사에 다녔다면 아마 나는 구석 자리를 선점하기 위해서 꽤나 이른 시간에 출근했을 것이다.) 구성원들 간의 소통을 독려하고 창의성을 증진시키며 수평적인 업무 환경을 조성하기 위해서라고들 했다. 이러한 변화는 대개 '사무실의 진화'로 일컬어지곤 했다.

나는 이러한 주장을 접할 때마다 미세한 통증을 느낀다. 소소한 분노도 느낀다. 파티션을 빼앗겨본 과거의 경험 때문이다. 수년 전 내가 일하던 회사 역시 업무 환경 개선을 시도하며 파티션의 종말을 선언했다. 애증의 연두색 파티션이 철거되었고 회의실 벽은 투명한 유리로 교체됐다. 군데군데 스포트라이트 조명이 들어섰으며 로비에는 그럴 듯한 라운지가 생겼다.

언뜻 모든 것이 나아 보였다. 그런데 며칠이 지나지 않아 착각이었다는 사실을 알게 되었다. 나는 평소에는 아주 쉽게 해내던 일도 제대로 할 수 없었다. 업무 전화를 할 공간을 새로 찾아야 했고, 자리에서 샌드위치를 먹기도 어려워졌으며, 맘 편히 메신저를 사용할 수도 없었다. 무엇보다 근무 시간 내내 지속되는 불안정함이 가장 큰 문제였다. 옷을 입지 않고 거리에 나선 듯한 허전함, 누군가에게 감시당하는 듯한 초조함, 부장과 왼뺨을 맞대고 일하는 듯한 공황 속에서 적응하지 못했다. 조직 문화는 바뀌지 않은 채 공간 구조만 바뀐 한국형 개방형 사무실의 부작용이랄까. 그리하여 나는 컴퓨터 모니터에 사생활 보호 필름을 붙이거나 메신저 대화창을 투명하게 만들고, 노트북과 휴대폰을 들고 회의실로 숨어 들어가게 되었다. 야심차게 배치된 디자인 가구들 사이에서 내가 하고 싶은 말은 단 하나였다. 나의 파티션을 돌려달라. 평범하디 평범한 회색, 혹은 흰색, 심지어 연두색이어도 좋다.

이 일을 계기로 내가 파티션에 의존해 직장생활을 해왔다는 사실을 알게 됐다. 상사와 눈도 마주치기 싫은 어느 날에는 엉덩이를 쭉 빼고 의자에 눌러 앉아 파티션 아래로 잠수하면 됐다. 누구와도 대화하지 않고 일의 가장 깊숙한 지점까지 풍덩 빠지고 싶은 날에도 파티션은 유용했다. 다들 알다시피, 회사생활을 괴롭게 만드는 상황은 일이 아니라 사람이 개입되면서 만들어지는 경우가 많다. 일을 기반으로 끈끈하게 붙어 있는 점도 높은 공동체에서는 숨쉴 수 있는 최소한의 공간이 필요하다. 다른 무엇보다 사람을 대할 때 가장 많은 에너지를 쓰는 나는 그 에너지의 상당 부분을 일로 전환해야 안정적인 업무 플로우를 유지할 수 있었다. 사람들이 바삐 오가며 가끔 나에게 말도 걸어오는 광장 한복판에서 파티션은 적어도 삼면은 둘러싸인 개인 벙커의 역할을 해주었다.

이것은 나만의 특수한 욕망은 아니다. 처음에는 파티션이 사라진 공동 책상에서 커피를 손에 들고 훈훈하게 대화를 나누던 동료들의 책상에도 한두 권씩 책이 쌓이기 시작했다. 결국 아슬아슬한 책과 서류의 탑으로 구획된 각자의 공간이 만들어졌다. 아예 개인 돈으로 모니터를 한 대 더 구입하여 가림막으로 사용하는 이도, 식물 화분으로 벽을 만든 이도 있었다. 어떤 팀의 천장에는 이케아에서 구입할 수 있는 천 가림막이 주렁주렁 걸렸다. 사측의 의도와는 정반대로, 좀 더 변칙적이고 흉물스러운 형태의 파티션들이 세워진 것이다. 어렵사리 얻어낸 자기만의 공간에 취향껏 영역 표시를 해놓은 사람들의 책상이 귀엽게 느껴졌다. 세상의 모든 파티션이 사라진다면 현대인의 정신 질환 종수가 훨씬 더 늘어날 것이다. 모두가 벽을 허물라고 말하고 있지만, 사실 우리에게는 더 많은 벽이 필요한지도 모른다.

개방형 사무실은 새로운 형태의 테일러리즘일 것이다. 기업의 입장에서는 좁은 공간을 가장 효율적으로 운용할 수 있는 방법이다. 상사의 입장에서는 팀원들의 영혼 이탈을 보다 수월하게 관리할 수 있는 방법이기도 하다. 개방형 사무실의 유행을 선두한 건 실리콘밸리의 IT 기업들이다. 세계에서 가장 큰 원룸형 업무 공간을 만들었던 페이스북의 사례가 대표적이다. 과거에 건축가 프랭크 게리가 설계한 페이스북의 사옥은 축구장 일곱 개에 해당하는 면적으로, 그 넓은 공간에 파티션이 하나도 없다. 직원들은 스케이트보드나 킥보드를 타고 사무실을 가로지른다고 했다. 하루에도 수십 차례 책상을 스치고 지나가는 킥보드의 물결 속에서 일해온 페이스북 직원들에게 경의를 표한다. 회사가 하는 일이 고스란히 반영된 공간인 건 맞다. 그런데 나에게는 인터넷에서 본 그 사무실의 모습이 기술이 빠르게 없애고 있는 단절과 창조의 시공간을 상징하는 한 장면으로 보였다. (메타로 사명을 바꾼 지금은 메타버스로 접속해서 가상의 공간에서 일을 하는 업무 환경을 구축하고 있다고 하는데…. 이것은 내가 이해할 수 있는 영역이 아니다.)

이쯤에서 예상치 못했던 일 하나. 코로나 시국에 이르러 파티션의 지위가 완전히 반전되었다. 어떤 회사는 처치 곤란이던 사무실 파티션을 재활용하여 구내식당 칸막이를 만들었다. 건축가들은 전염병에 취약한 개방형 사무실 대신 타인과 최소한으로 대면할 수 있는 새로운 구조의 사무실을 고민하고 있다고 밝혔다. 위워크로 대표 되는 공용 오피스 업체들은 열려 있는 공간이라는 과거의 슬로건을 신속하게 버렸다. 한 공용 오피스 업체는 열려 있는 공간으로 운영하는 개방형, 파티션으로 사방을 가릴 수 있는 집중형, 그리고 그 중간 형태인 세 가지 타입의 워크 모듈을 제공하는데, 이용료는 개방형에서 집중형으로 갈수록 비싸다. 사무실뿐 아니라 식당이며 카페, 극장 등 거의 모든 생활공간에 파티션이 설치되었다. 사방을 막은 이글루 형태의 파티션을 설치한 한 고급 호텔 레스토랑의 사진을 보고 든 생각은 하나였다. '우리가 이렇게까지 모여야 할까요?'

동네 국숫집에서 유리 가림막 너머에 앉은 아저씨를 의식하며 국수를 후루룩거리다가 문득 궁금해진다. 코시국이 끝나면 이 모든 파티션들은 다 어디로 갈까?

술자리를 추모하며

이제는 인정해야 할 때가 된 것 같다. 술자리가 사라졌다. 더 이상 술을 마시자는 사람도 없고, 누군가에게 술을 권할 수 있는 있는 상황도 아니다. 친구들은 멀리 살고, 가장 가까운 곳에 있는 술 친구였던 남편은 건강상의 이유로 술을 완전히 끊었고, 그의 상실을 건드리지 않으려고 노력하며 마시는 술은 맛이 없었다. 또한 아이가 태어났고, 다정한 아이는 잠든 후에도 내가 옆에 잘 누워 있는지 틈틈이 확인하며, 나는 24시간 내내 흐트러져서는 안 되는 엄마가 되었다.

이건 물론 나뿐만의 상황은 아니다. 바이러스로 인하여 세상의 모든 술자리는 기하급수적으로 줄어들었고, 사람들은 줌 화면을 띄워놓고 건배하거나 혼자서 홀짝이는 것으로 술자리를 대신하고 있다. 또한 모두가 아기 엄마가 되지는 않지만 누구나 어른은 된다. 다음 날의 컨디션과 탈모와 건강 문제를 심각하게 고려해야 하는 어른 말이다.

“금주에는 생각보다 장점도 많아.” 요즘 남편이 자주 하는 말이다. 메밀국수에는 청하, 쌀국수에는 맥주, 과메기에는 막걸리 등 세상의 모든 음식을 술과 페어링하며 일상적 음주 생활을

럴 수밖에 없는 삶의 무거움, 즉 매일 오줌을 싸는 아이 덕분에 3년 째 쪽잠을 자고 있고, 일터에서는 나날이 소심해지며, 냉동 대구 대신 생물 대구를 사는 것이 하루의 최대 미션인, 새로운 것도 재밌는 것도 없는 삶이 충분히 그려지고, 나 역시 이 생활이 뭔지 아는 나이가 되었다. ('중년의 위기'를 겪고 있는 극 중 인물들의 나이가 마흔인데, 2년 후에는 나 역시 마흔이 된다.)

무언가에 취해 있는 삶은 재밌고, 관대하며, 풍요롭다. 인생의 가장 즐겁고 괴로운 에피소드들, 그러니까 가장 강렬한 추억들은 대체로 취해 있을 때 일어난다. 더불어 나는 해결하기 어려운 타인들과의 문제를 풀거나 일상의 크고 작은 수치를 망각하기 위해 술을 마셨던 것 같다. 좋아하는 친구들과 더욱 내밀한 이야기를 나누고 싶어서 마시는 한편으로는 회식의 분위기에 적당히 젖어들기 위해 마셨고, 노래방에 가기 전에 취하고 싶어서 마셨다. 어려운 손님이 집에 찾아오기로 한 날에는 적당히 취해 있고 싶어서 서둘러 맥주를 몇 캔 먼저 마셔둔 적도 있다. 그리하여 술과 관계 맺기를 동일한 범주의 개념으로 여기게 된 것 같다.

그러나 인생의 어느 시점이 되면 단출해진 관계와 비례하여 술자리는 줄어든다. 세상의 모든 아버지들이 식탁에서 혼자 술을 마시는 이유일 것이다. 혹은 건강과 같은 돌이킬 수 없는 이유로 혼자만의 술자리도 점점 사라진다. 맨 정신으로 해결해야 하는 일들은 점점 더 많아진다. 취해 있는 인간에서 깨어 있는 사람으로 거듭나야 하는 것이다.

깨어 있는 삶이란, 단순히 술에 취하지 않은 상태만을 의미하지 않는다. 술, 담배, 커피, 약물 같은 중독적인 기호품은 물론이고, 관계에 중독되거나 자기 연민에 취하는 등의 비틀대고 끈적대며 허우적거리는 일련의 일들을 포함한다. 무언가에 의존하지 않고 맨 정신으로 살아가는 일에 익숙하지 않은 사람에게는 다시 태어나는 것만큼이나 거대한 변화다.

〈어나더 라운드〉는 가장 적당한 혈중 알코올 농도 0.05퍼센트를 유지하는 일은 결코 불가능하며, 술을 마신 후에 찾아오는 찬란함은 파국의 전조일 수도 있다는 사실을 적나라하게 보여준다. 사실 영화가 말해주기 이전부터 이미 알고 있었다. 한 번 새로운 세계가 열리면, 이전의 세계로 돌아가는 것은 거의 불가능하다는 것을, 그러니까 술자리가 사라진 세계에서 모든 것을 처음부터 다시 시작해야 한다는 것을 말이다.

그러나 그전에 내가 사랑했던 아름다운 술자리들을 추모하는 시간은 가져야 할 것 같다. 내가 가진 것보다 좀 더 대범한 자아와 농밀한 대화와 잊지 못할 순간들을 만들어준 과거의 모든 술자리들에 건배를 건넨다.

3부

잃어버린 정적을 찾아서

3월 2일의 마음

오늘은 3월 2일이다. 언덕배기에 있는 우리 집에서 걸어 내려오다 보면 초등학교와 중학교를 지나가게 된다. 오늘 따라 혼자, 혹은 보호자와 걸어가는 아이들의 뒷모습을 유심히 보게 된다. 그렇게 봐서인지 다들 약간씩은 비장해 보인다. 공기에도 평소와는 조금 다른, 설렘과 긴장감과 부담감이 한 데 섞여 떠돈다. 교문 앞까지 아이를 데려다주고 쉽게 돌아서지 못하는 엄마들의 모습, 반듯하게 다림질된 교복과 아직 길이 들지 않은 가방, 새 운동화에도 3월 2일의 마음이 깃들어 있다.

아이가 태어나고 처음으로 함께 눈을 맞던 날이 생각난다. 눈이라는 것을 처음 본 인간의 감흥을 확인하고자 아이를 채근해서 신나게 뛰어 내려갔다. 그리고 깨달았다. 눈송이를 잡으려고 발랄하게 뛰어다니는 어린이의 모습도 일종의 클리셰라는 것을. 아이는 눈사람처럼 놀이터의 한복판에 우뚝 서 있었다. 눈과 눈이 내리는 하늘과 눈을 가지고 노는 아이들의 모습을 가만히 응시하면서. 아이의 모자 위에 눈이 소복하게 쌓였으니, 30분은 그렇게 지나간 것 같다. 그러다 정말 눈사람이 될 것 같아 집에 가자고 이끌어도 손을 뿌리친다. 좋으냐고 물으니까 좋단다. 아이의 '얼어붙음'은 처음 본 하얀 세상에 대한 충격과 경이의 표현이었다.

그 이후로도 아이는 처음의 순간마다 '얼어붙음'을 시전했다. 자신만큼 작은 존재들이 가득한 어린이집에 입성했을 때, 처음으로 동물원에 갔을 때, 출렁이는 바다 앞에 섰을 때 등 새로운 세계가 펼쳐졌을 때 아이는 먼 거리에서 한참 동안이나 그것을 응시하다가 어느 정도 그 풍경에 익숙해지면 아주 조금씩 다가가는 식이었다. 신중한 성향의 아이를 키워본 사람에게는 익숙한 장면일 것이다. 이른바 '탐색의 시간'이다. 각종 육아서에는 "탐색의 시간이 긴 아이는…"이라는 말로 시작하는 지침들이 적혀 있다. 그럴 때 옆에 있는 사람이 할 수 있는 일이라고는 세상이 안전하다는 허언도, 어서 빨리 경험해보라는 채근도 아닌 그 하염없는 시간을 기다려주는 것뿐이다. 3월은 모두에게 탐색의 시간이 필요한 달이다.

내가 경험했던 3월 2일들을 떠올려본다. 흥분과 기대와 설렘도 있지만 그에 못지않은 막막함과 불안감, 알 수 없는 슬픔이 깃든 하루였다. 친한 친구와는 같은 반이 되지 못했고, 새롭게 같은 반이 된 옆자리 친구에게 말을 걸어야 할지, 아니면 말을 걸지 않는 것이 좋을지 판단하기 어렵다. 지난해에는 함께 점심을 먹고 매점을 가는 친구가 있었지만 올해 점심시간의 운명은 아직 불확실하다. 올해 나는 누구랑 밥을 먹게 될까? 다른 반이 된 친구가 집에 갈 때는 나와 같이 갈까? 제법 나쁘지 않아 보이는 담임 선생님의 실체는 어떨까? 물음표가 가득한 하루다. 어른들이 기대하는 바대로 학년이 바뀌면서 6학년의 교과 과정을 따라갈 수 있을까, 중학생이 되었으니 이제 학업에 정진해야지, 따위의 고민을 가진 청소년은 많지 않을 것이다. 아이들에게 그보다 시급한 것은 생존이다.

좀 더 잔인하게 말하자면 3월은 서열이 정해지는 달이기도 한 것이다. 장기적인 평화를 위해서는 약하거나 만만해 보여서는 안 되며, 그렇다고 너무 튀어서도 안 된다. 전학생이 처하게 되는 아이러니와도 비슷하다. 지난 학교에서 나는 제법 괜찮은 아이였지만 이 학교에서는 아무도 그걸 모른다. 지난 학교에서의 나와 이번 학교에서의 나는 전혀 다른 사람일 수도 있다. 하늘과 땅이 뒤바뀌는 것만큼이나 거대한 변화다. 겪어내야 할 삶의 무게 자체가 달라지는 것이다.

실제로 지난 학교에서 아무 문제없이 잘 지낸 아이가 전학을 하며 고통받게 되는 경우들을 생각해보면, 아이들 사이의 불화는 아무도 예상하지 못한 작은 사건을 계기로 시작되기도 한다. 언젠가 본 한 웹툰은 아이들이 처하게 되는 미묘한 상황들과 학교의 권력 관계를 섬세히 그리고 있었는데, 학교 폭력을 겪은 후 짐작도 할 수 없는 어두운 터널을 통과한 아이에게 부모가 묻는다. 시작이 무엇이냐고. 아이는 답한다. "내가 방귀를 뀌어서." 그때 왜 말하지 않았냐고 채근하는 부모에게 아이는 이렇게 말한다. "쪽팔려서." 그러니까 아이들에게 3월은 무슨 일이 일어날지 알 수 없는, 친한 무리가 생기기 전까지는 안심할 수 없는 한 달인 것이다.

아이들은 타인들 속에서 찾아내야 하는 나의 자리뿐 아니라 하루가 다르게 달라지는 자신의 신체와 감정에 대한 혼란도 겪게 될 것이다. 내가 원하는 나와 실제의 나 사이의 격차로 인한 좌절, 내가 나라서 겪게 되는 우울, 내가 통제할 수 없는 크고 작은 일들로 인한 절망. 이처럼 격렬한 감정들을 통해 다른 누군가가 아닌 나로 살아간다는 것의 의미를 서서히 이해하게 될 것이다. 그러니까 어리둥절한 채로 던져진 '나'라는 존재를 선명하게 인식하게 되는 3월 2일은 생일보다, 크리스마스보다 더 욱 유난스러운 축하와 용기, 사랑이 필요한 날이라고 생각한다. 일을 마치고 집으로 가는 길에 검은 패딩을 입고 우르르 몰려오는 한 무리의 중학생들과 마주쳤다. 등굣길의 모습보다 한결 홀가분해 보이는 그들 사이에서 이런 말이 들려온다. "야, 이 자식 오늘 자기네 반에서 한마디도 안 했대. 나도 오늘 그랬는데."

물론 어른이 된다고 해서 타인들 속에서 나의 자리를 찾는 일이 쉬워지는 것은 아니다. 비대한 자의식과 현실의 내가 가진 미숙함 사이의 불균형도 완전히 해소되지는 않는다. 어른의 시간에도 가끔 3월 2일이 찾아온다. 언젠가 단톡방에 생일 축하 메시지를 보냈다가 "변했네. 생일 축하 선플도 하고"라는 핀잔을 들은 적이 있을 만큼 생일도, 결혼식도, 각종 잔치도 거의 챙기지 못하는 내가 웬만하면 챙기려고 하는 날은 이직하는 날이다. 친한 친구의 이직 날을 알고 있거나, 인스타그램에서 사원증과 함께 새로운 시작을 암시하는 사진을 보면 간단하게나마 메시지를 보낸다. 낯선 환경에 떨어진 어른은 간혹 울고 싶어지며, 한참 연약한 상태일 때 들려오는 아는 사람의 목소리가 생각보다 큰 힘이 된다는 것을 경험상 알고 있기 때문이다. 얼마 전에도 친한 후배가 첫 출근을 했다는 소식을 전해 듣고 메시지를 보냈다. “화이팅. 쫄지 말구.” 우는 듯 웃는 이모티콘과 함께 답장이 돌아왔다. “첫날은 그냥 바보 되는 날이죠.” 빙고. 이것이 바로 머리가 커진 인간이 가져야 하는 3월 2일의 마음이다.

누군가의 집을 방문할 때

누군가의 집에 초대받는다는 것은 기쁘면서도 조금 미안한 일이다. 이유가 뭐가 됐든, 나를 집에 들이기로 한 사람은 며칠 동안 그날의 메뉴를 고민했을 것이다. 요리를 한다면 전날쯤에는 식재료를 주문했을 것이고, 배달 음식을 먹는다면 당일 오전에는 대충 무엇을 언제 시킬지 머릿속에 밑그림을 그려놓았을 것이다. 또한 최소한의 청소를 했을 것이다. 식탁에 쌓여 있는 잡동사니들을 정리하고, 밀려 있던 설거지를 해치우거나 오랜만에 화장실 하수구의 머리카락을 제거했을 수도 있다. 나아가 먼지 앉은 와인잔을 새로 닦거나 산더미 같은 샤브샤브용 채소들을 손질했을지도 모른다.

방문자가 도착한 후에도 집주인은 물잔이며 술을 내 오느라 바쁘게 부엌과 거실 사이를 오간다. 모자란 것이 없는지, 불편한 것이 없는지, 더 내올 것은 없는지 바지런히 살핀다. 이 모든 노고에 비해 방문자는 그저 엉덩이를 뭉개고 앉아 음식을 축내다 또 다시 어마어마한 설거짓거리를 양산하고 돌아갈 뿐이니, 누군가의 집에 초대받으면 나는 그가 나를 어느 정도는 좋아한다고 생각할 수밖에 없는 것이다.

무엇보다 집이라는 장소는 개인의 비밀이 모여 있는 장소다. 남의 눈에 보일 수 없는 것들을 방에 밀어 넣고, 평소에 편하게 사용하는 미운 그릇 대신 예쁜 그릇을 꺼낸다고 해도 한 사람의 우주인 집을 방문하면 그 사람에 대해 어느 정도 알게 될 수밖에 없다. 이것은 카페나 술집에서 만나 수다를 떨다 헤어지는 경우와는 완전히 다른 차원의 이해다. 그가 좋아하는 것과 견디지 못하는 것, 자잘한 일상의 규칙들과 한편에 마련해둔 자유, 소중하게 돌보고 있는 것들과 어쩔 수 없어 방치하고 있는 것들, 그 사이 사이에 적절히 자리 잡고 있는 좀 더 잘 살기 위한 노력과 체념의 흔적들. 집주인은 이 모든 것을 나에게 공개하기로 마음먹은 것이다. 그리하여 누군가가 나에게 집에 놀러오라고 하면 나는 그가 나를 어느 정도 신뢰하고 있다고 생각할 수밖에 없다. 반대의 경우도 마찬가지다. 나 역시 좋아하거나 신뢰하는, 혹은 최소한의 호감이 있는 사람이 아니라면 집에 초대하지 않는다.

나는 (낯선 장소에서는 더욱) 화장실에 자주 가는 편이다. 그리하여 누군가의 집에 머물 때 집주인보다, 그 자리에 있는 누구보다 화장실을 자주 사용하게 된다. "너는 화장실 가려고 우리 집에 놀러오니?"라는 말을 들을 정도로, 내가 무수히 많이 방문한 한 선배의 집(화장실)이 있다. 어느 날에는 내가 화장실을 사용한 이후에 선배가 화장실을 다녀오더니 "화장실 휴지에 뭔가 문제가 있었나 보네"라고 말했다. 그러고 보니 두루마리 휴지가 바닥에 떨어져서 다시 끼워놓은 것도 같다. 어떻게 알았냐고 묻자 본인은 결코 휴지가 풀리는 면이 벽면에 닿도록 끼우지 않는다고 했다. 이외에도 선배의 집에는 크고 작은 규칙이 아주 많은데, 손님이 온 날 만큼은 최선을 다해 이 모든 규칙을 외면하는 것 또한 규칙 중 하나다. 물론 상대방의 마음을 편하게 해주기 위해서다. 내가 나가는 순간 선배는 쿠션이 흐트러진 소파를 정리하고 빈 병을 재활용함에 척척 쌓아두기 시작할 것이다.

누구에게나 스스로 세운 일상의 규칙이 있다. 화장실에 휴지를 배치하는 방식은 중요하다. 아니, 어쩌면 살아가는 데 있어서 이보다 중요한 것이 있을까 싶을 정도다. 도무지 마음대로 되는 것이 없는 세상에서 우리가 할 수 있는 일은 일상을 단단하게 다지는 일 밖에 없고, 내가 구축한 질서 안에서 안심하고 늘어져 있는 것처럼 실체가 분명한 행복도 없기 때문이다. 그런데 누군가가 집에 왔다 가면 어찌하려야 어찌할 수 없이 화장실에 휴지가 반대로 끼워지고, 거실에는 무수한 머리카락들이 떨어지며, 소파의 질서는 흐트러진다. 나를 초대하기 위해서 이 모든 일탈을 감수한다는 것은 역시나 경이로운 일이다. (물론 무너지기 직전의 식탁에도 질서는 있으며, 폭발 직전의 우주 또한 같은 맥락에서 존중받아야 한다.)

그리하여 나는 누군가의 집을 방문할 때 바람직한 방문자가 되려고 애쓴다. 적어도 다음 몇 가지는 잊지 않으려 한다. 첫 번째로 잊지 않는 것은 우리 동네에서 살 수 있는 것 중에 가장 맛있는 사제 디저트를 사 가는 것. 나는 굳이 찾아가지 않으면 맛볼 수 없는 다른 동네의 디저트를 맛보는 것을 좋아한다. 또한 나를 생각하며 골라서 사들고 오는 사제 음식에 깃든 마음이 좋다. 역시나 이를 싫어하는 사람은 많지 않을 것이라 짐작하며, 즐거운 마음으로 디저트 셔틀러가 된다.

두 번째로 준비할 것은 하나 마나하지 않은 말. 가끔 나는 우리 주위에 하나마나한 말이 너무 많이 떠돈다고 생각한다. 어떤 사람에게 해도 무난한, 어떤 상황에서 해도 대충 통하는 의례적인 말들은 편리하지만 게으르다. 어떤 모임에서 실컷 수다를 떨고 돌아오는 길에 어쩐지 공허한 기분이 드는 것은 이와 같은 이유일 것이다. 누구와 나눠도 상관없는 말이 아니라, 오로지 그 사람과만 할 수 있는 이야기를 나누고 싶다. 적어도 누군가의 집에 초대받았을 때는 섬세한 연애 초기의 대화나 신경을 집중해서 쓴 글처럼 주의를 기울여야 한다고 생각한다. 이미 나에게 많은 것을 오픈한 상대방과 내밀한 이야기를 나눌 준비가 되어 있어야 한다. 게다가 상당수의 경우, 집이라는 사적인 공간은 좋은 대화를 가능하게 한다.

그리고 마지막으로 잊지 않아야 할 것은 바로 떠나야 할 시간이다. 흥겨운 분위기에 찬물을 끼얹는 태도일 수도 있지만 나는 조금 이르다 싶은 시간부터 시계를 힐끔거리기 시작한다. 집주인은 자리를 파하자고 먼저 말할 수 없다는 것을 알기 때문이다. 언제나 나는 제시간에 떠나는 사람이 되고 싶다. 아무리 이야기가 한참 재밌어도, 적당히 마신 술에 분위기가 달아올라도, 떠나야 할 적당한 시간을 의식하려 한다. 잠시 다른 차원에 있었던 한 사람의 우주가 다시 제자리로 돌아갈 수 있도록, 방문자의 시간이 끝나고 집주인의 시간이 시작될 수 있도록, 그리고 엉망진창이지만 역시나 사랑스러운 나의 소우주로 너무 늦지 않게 돌아갈 수 있도록.

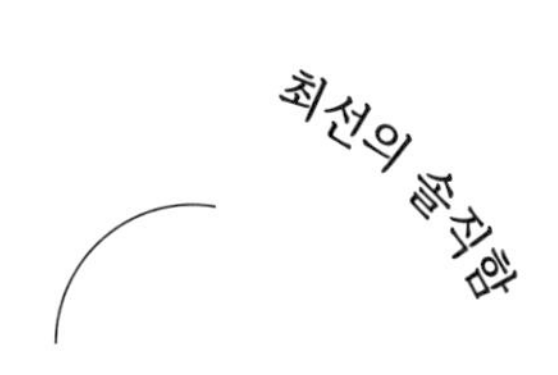

얼마 전 SNS 피드에 충청도 출신 아빠와의 대화 에피소드가 올라왔다.

아빠 설거지가 깔끔하게 되어 있네. 네가 했냐?

나 아뇨. 누나가 했나?

누나 아빠가 아까 함.

나 ???

이 대화에서 아빠가 하려던 말은 무엇일까요? 정답은, 언제나 그렇듯이 엄마가 알고 있다.

엄마 네가 설거지 좀 하라는 소리야.

글쓴이는 이 게시물에 '충청도 사람의 심오함'이라는 코멘트를 달았다.

나는 충청도식 언어가 재밌다. '의뭉스럽다' '답답하다' '불분명하다' '영문을 모르겠다' (심지어) '음흉하다' 등 많은 원성을 사는 언어이기도 하지만, 크게 '데인' 경험이 없는 나로서는 가끔씩 마주하게 되는 두루뭉술하면서도 유연한 언어를 보면 한번씩 웃게 된다. 우리나라에서 사용되는 말 중에 가장 문학적인 언어라는 생각도 든다. 느긋하게 에둘러가고, 그러는 동안 잠시 멈춰 서서 속뜻을 생각해보게 하고, 끝내 이해하지 못하고 지나간 후에도 삶의 어느 순간에 아, 하는 깨달음을 제공하는 언어라는 점에서 말이다.

그러고 보니 나도 충청도 출신이냐는 말을 들은 적이 있다. 위의 대화처럼 여유와 능청미가 있어서가 아니라, 단순히 말이 느리고 반응이 즉각적이지 않아서 나온 이야기였던 듯하다. 나이가 들면서 조금 나아졌지만, 여전히 묻는 말에 즉각적으로 재치 있는 말을 내놓는 사람들과 나는 아주 다른 인종이다. 예상지 못한 말에 답할 말이 궁색하고, 아까 이렇게 이야기할 걸, 싶은 말은 꼭 집에 돌아와서야 생각난다.

언젠가 어떤 역술가는 나의 사주를 '말석에서 천대받는 사주'라고 풀이하기도 했다. 같이 사주를 본 동료는 회사로 돌아가 깔깔대며 나의 사주 결과를 널리 퍼뜨렸다. 회의시간에 들리지 않는 목소리로 웅얼대거나 좀처럼 발화 타이밍을 잡지 못하고, 기껏 말을 꺼내도 다른 중요한 발화에 의해 묻혀버리곤 하는 사람과의 대화를 포기하지 않아온 이들은 스마트 사주의 '용함'에 놀라움을 표했다. 그래도 나는 이런 자들이 고맙다. 어떤 사람의 약점을 희화화하여 가볍게 만들어주는 이들. 어버버

하는 사람의 문제를 수면 위로 끌어올리고 공식화해서 널리 알려주는 이들. 어떤 대화는 눈썰미 좋고 사려 깊으며 정의감 넘치는 이들의 배려다. 아마도 평생 동안 이런 사람들에게 감사하며 살아가야 할 것이다.

한편으로는 나의 이러한 성향을 무척이나 답답해하는 사람도 있었다. 과거에 만났던 한 남자도 그랬다. 그는 나의 어떤 면들을 솔직하지 않는 사람의 특성으로 봤다. 생각나는 대로 말하는 것이 뭐가 그리 어렵고 복잡하냐는 것이다. 좌우명을 이마에 써 붙이고 다니는 사람은 없지만, 그를 만나본 사람이라면 누구나 어렵지 않게 알아차렸을 것이다. 그가 가장 중요하게 생각하는 가치는 '솔직함'이라는 것을. 당황스러울 만큼 직설적인 언어를 구사하는 그에게 솔직함과 정직함, 용감함, 올바름 등은 동일선상에 있었다. 또한 그는 언젠가 나이가 들어서 자신이 내뱉어온 말들과 다른 삶을 살게 되는 상황을 가장 두려워했다. 이를테면 지켜야 할 것이 많아져서 정치적 성향이 바뀐다거나 비혼주의자였지만 결혼에 출산까지 하게 된다거나 하는 상황 말이다. 그냥 살아가는 것이 아니라 말한 대로, 생각한 대로 살아가려면 최소한의 노력이라는 걸 하게 될지도 모른다. 그런 점에서 이러한 인생관이 옳은 것일 수도 있다. 그동안 솔직함이라는 가치에 대해서 곰곰이 생각해본적이 없던 나는 그를 만나며 최선을 다해 솔직해보려고 했지만, 망했다. 그리고 그와의 연애는 바로 그 솔직함 때문에 망했다.

나와 똑같이 어리고 치기 어렸던 그는 솔직함이라는 스탠

스를 지키기 위하여 타인에게 상처를 주는 일이 잦았다. 나 역시 그와 만나는 동안 크고 작은 스크래치를 입었다. 나라면 머릿속에 떠올랐어도 분명히 가두었을 생각들이 그의 입에서 흘러나오는 것이 신기할 뿐이었다. 그리하여 20대의 나는 생각하게 되었다. 자기 검열 없이 나온 어떤 말들은 쓰레기라고, 어떤 솔직함은 끔찍하다고, 솔직한 사람도 자신과 타인에게 한없이 비겁해질 수 있다고 말이다. 이제는 삶에 뒤따르는 변화는 자연스러운 것이며, 오로지 자신이 내뱉은 말을 지키기 위해 살아가는 삶은 죽은 삶이라는 것도 아는 나이가 되었다.

나는 오래 보아도 알 듯 말 듯한 깍쟁이들을 좋아하는 편이다. 온전히 선하기만 한 사람도, 악하기만 한 사람도 없듯이 여러 가지 충돌하는 면을 지니고 있고, 가끔은 자신이 한 말을 뒤엎는 선택을 하는 사람들의 복잡성을 관찰하는 일이 흥미롭다. 복잡한 이해관계와 단순하지 않은 아이러니를 품은 세상을 설명하기 위해서는 복잡한 언어가 필요할 때가 있고, 그들이라면 그 언어를 구사할 수 있을 것 같다. 그 언어가 지닌 미묘한 뉘앙스의 차이를 찬찬히 곱씹으려면 시간과 마음의 여유가 필수적이니, 너무 발 동동 구르지 않고 살아가고 싶다. 언제든지 나의 삶에 각색, 은둔, 은유의 자리를 남겨두었으면 한다. 그것은 아마도 예술의 영역일 것이다.

문화가 발전할수록 세부 사항들이 정교해질 것 같지만, 꼭 그렇지만도 않다는 생각을 종종 하게 된다. 주로 인터넷상의 어떤 언어를 발견할 때다. 복잡한 상황을 대강 요약하고, 타인의 사정을 거칠게 판단하거나 훈수를 두고, 유명인에게 '솔직 고백' '솔직 해명'을 요구하는 사회에는 투박하고 게으르다. 좀처럼 이해가 안 되는 사안에 촘촘하게 얽힌 실타래를 하나씩 풀어 보고, 어떤 것들은 보고도 그냥 지나치며, 설명하기 어려운 미묘한 감정을 조금 더 정확한 언어로 표현하려고 애쓰는 것이 우리가 시도할 수 있는 최선의 솔직함이 아닐까.

6인용 식탁

지금 우리 집 거실 한복판에는 거대한 식탁이 있다. '6인용'이라는 말로 문제를 축소하려고 해보지만 양쪽 끝에도 사람이 앉을 수 있으므로 사실 8인용 식탁에 가깝다. 전용 면적 59.97제곱미터의 집의 거실에 6~8인용 식탁과 책장을 놓으면 간신히 사람이 지나다닐 수 있는 통로 정도만 남게 된다. 가족 구성원이 두 명일 때는 그래도 괜찮았다. 뛰어다닐 일도, 바닥에 퍼즐 조각과 모래를 흩뿌릴 일도 없으니까. 우리는 아무런 공간도 차지하지 않는 음악을 틀어 놓고 식탁의 끄트머리에서 밥을 먹으며 흡족해했다. 그러나 아이가 태어나면서 늘어난 세간살이들로 그야말로 옴짝달싹할 수 없게 된 지금, 불시착한 우주선이나 공사판의 중장비, 번지수를 잘못 찾은 코끼리 같은 모습으로 거실을 차지하고 있는 식탁을 보며 문득 생각했다. 어쩌다 이 거대한 물건이 우리 집에 놓이게 되었을까? 생각에 생각을 거듭하다 보니 과거로 거슬러 올라가게 되었다. 언제나 그렇듯이, 그것은 로망과 관련이 있다.

어린 시절 부모님 집의 부엌에는 4인용 식탁이 있었다. 가족 구성원은 5명이었지만 5명이 모두 모여서 식사를 하는 일은 많지 않았다. 맞벌이를 하셨던 부모님과 할머니, 오빠와 나는 각자의 스케줄에 따라 로테이션되며 식탁에서 밥을 먹었다. 우리 집뿐 아니라 그 시절 대부분의 한국 가정의 부엌에는 4인용 식탁이 놓여 있었다. 집의 구조가 천편일률적이기 때문이기도 하고, 손님이 오시면 식탁보다는 바닥에 상을 펴는 문화 때문이기도 할 것이다. 음식물이나 물 흔적이 남을 수 있는 나무 상판 위로 수천 번 행주로 훔쳐도 괜찮은 유리 상판이 올려져 있는 4인용 식탁은 기본적으로 침묵을 학습하는 장소였다. 엄격한 가정에서는 "밥 먹으면서 말 하는 거 아냐"라는 핀잔이 오갔고, 그렇지 않더라도 수천, 수만 번의 식사를 통해 가족끼리는 할 말이 많지 않다는 사실을 배우는 곳.

혼자 사는 오피스텔의 부엌에 달려 있던 1인용 식탁, 사실은 거의 식탁의 기능을 하지 못했던 하얀색 바 테이블을 거쳐 결혼을 하면서 가장 고심해서 들인 물건이 바로 이 식탁이었다. 이미 각자가 혼자 살면서 가지고 있던 살림살이가 있었기에 세탁기도 냉장고도 새로 살 필요가 없었다. 그러나 식탁을 사는 문제는 중요했다. 앞으로 우리의 생활은 식탁을 중심으로 펼쳐질 것이라고 생각했기 때문이다. 거의 한 달 동안 무수히 많은 식탁을 보면서도 좀처럼 결정을 내리지 못하는 나를 보고 당시의 남자 친구는 아무 말도 하지 않았다. 그 역시 식탁의 중요성에 동의했기 때문일 거다. 우리는 한동안 식탁이 없는 삶을 살면서 100퍼센트 만족스러운 식탁을 만나길 기다렸고, 그는 마침내 95퍼센트쯤의 식탁을 찾아냈다. 이렇게 큰 식탁은 당근 마켓에서도 쉽게 팔리지 않을 테니 이사를 다닐 때마다 짊어지고 다니자, 그러니까 평생 함께하자는 거창한 다짐과 함께 결제를 했다. 당시 우리가 산 것 중 가장 비싼 물건이었다. 그런데 그로부터 불과 3년이 지난 지금, 나는 이 식탁을 팔아 치우고 싶다.

식탁에 대한 로망은 곧 '대화가 있는 삶'에 대한 로망이었을 것이다. 즉, 낮 시간 동안 있었던 일들과 하루치의 기쁨과 슬픔과 분노와 체념을 나누는 삶, 세상에서 벌어지고 있는 온갖 일에 대해 열띠게 토론하는 삶, 내일의 빡셈을 위하여 오늘의 피로를 충전하는 삶, 항상 먹고 싶은 게 있는 삶, 나 자신과 상대를 위해 기쁘게 요리하는 삶, 냉장고 속 반찬을 예쁜 접시에 덜어 먹는 삶, 텔레비전 소리 대신 음악을 배경으로 식사하는 삶. 부부가 중심인 삶, 아이를 작은 어른으로 존중하는 삶, 디저트와 티타임이 있는 삶, 디저트와 티타임만큼의 여유가 있는 삶, 금요일 밤에는 친한 친구들을 초대해 밤 늦게까지 술을 마시며 삶 그 자체에 대해서 떠드는 삶. 그러니까 술과 장미의 나날들.

그러나 우리가 이 식탁에서 마주하게 된 것은 그런 것이 아니었다. 그 대신 우리는 일과 시간 이후에도 노동이 이어지는 삶, 그럼에도 불구하고 식탁 위에는 밥이 차려져야 하는 삶, 재능 없는 요리와 산더미 같은 설거지 앞에서 혼비백산하는 삶, 재능 없는 요리사의 음식을 닥치고 먹어야 하는 삶, 비평하지 못하는 비평가의 삶, 소음에 예민해진 통에 음악도 피로하게 느껴지는 삶, 식욕이 사라진 금주 생활자의 삶, 아이 쪽으로 아예 돌아앉는 삶, 식탁에 앉아 있기 싫어하는 아이를 따라 다니는 삶, 그래서 그냥 부엌에 서서 밥을 먹는 삶, 조그만 말씨가 싸움으로 이어지는 삶, 싸운 후에도 문 닫고 방에 들어가버리지 못하는 삶, 그래서 그냥 입 다물고 있고 싶은 삶 등에 대해 알게 되었다. 애꿎은 삶을 탓할 필요는 없다. 우리가 섣불리 미화했을지언정 삶은 원래 이러한 모습에 가까울 것이다. 세상의 모든 부모님들은 이 모든 과정을 착실하게 거쳤을 것이다.

지금 우리 집 식탁의 절반은 다정한 친구들 대신 산더미같이 쌓인 책들과 온갖 잡동사니들이 차지하고 있다. 우리는 나머지 절반의 공간에서 밥을 먹고, 아주 가끔 집에 손님이 올 때만 잠시 물건들을 치운다. 손님이 돌아가면 옷방에 숨겨놓았던 물건들은 곧바로 복귀한다. 우리에게 거대한 식탁이 필요 없다는 것은 자명한 사실이다. 그런데 아직 서로에게 이 사실을 터놓지 않고 있다. 이제 우리는 식탁이 있는 삶 대신 나만의 방이 있는 삶, 여분의 화장실이 있는 삶, 소음이 없는 삶, 가끔은 멍하니 휴대폰을 보면서 혼밥하는 삶, 싸우지 않는 삶 등을 꿈꾼다.

얼마 전에 우리는 또 싸웠다. 그런데 싸우기 전에 예약해놓은 식당이 있었다. 우연히 알게 된 작은 식당이었는데 공간과 메뉴를 보니 상대가 좋아할 만한 곳이라는 생각이 들어서 예약을 했고, 오랜만에 밖에서 둘이 밥을 먹기로 했던 것이다. '예약을 취소해? 말아?' 전날까지 고민하다가 결국 취소를 못했고, 화해도 못했다. 작은 식당에 '노쇼'를 할 수도 없는 노릇이라서 여전히 좋지 않은 사이로 방문해서 나이 지긋한 중년의 부부처럼(실제로 중년이 되긴 했지만) 그릇에 코를 박고 묵묵히 밥을 먹었다. 주위에 있던 화사한 사람들이 '누가 봐도 저들은 부부' 라고 속삭이지 않았을까? 어찌 됐든 밥을 같이 먹는다는 것은 결혼 생활의 신비다.

돌아오는 길에는 그가 싸우기 전에 찾아 놓은 아이스크림 가게가 있었다. 이 마당에 무슨 아이스크림인가 싶었지만 '이 동네에 또 언제 오겠어' 싶은 마음으로 콘 아이스크림을 사서 손에 들고 걸었다. 서로 2미터 정도의 거리를 두고. 저 앞에서 걷고 있는 그의 등을 보면서 밖에서 늘 멀찌감치 따로 걸어 다녔던 엄마와 아빠의 모습이 생각났다. 슬그머니 웃음이 나며 마음이 조금 풀어진 것도 같다. 그리고 집에 도착해 문을 열자, 거대한 식탁이 여전히 그 자리에 있었다.

우리의 크고 작은 분쟁들은 대체로 자신의 사적 공간을 주장하며 시작되고, 상대의 이기적인 태도를 지적하며 마무리된다. 나의 고통은 너무나도 가깝고 상대의 고통은 지나치게 멀다. 결국 모든 인간은 자신의 고통만 온전히 이해할 수 있으며, 타인의 고통은 아무리 애써도 짐작만 할 수 있는 수준이다. 그럼에도 불구하고 우연히 같은 공간에서 살아가게 된 개인들이 자신보다는 멀지만 남보다는 가까운 거리를 유지하기 위해서, 즉 남보다 못한 사이가 되지 않기 위해서 포기하지 말아야 할 것을 단 한 가지만 꼽는다면 역시나 대화일 것이다. 돈이든, 상대방의 참을 수 없는 부분이든, 각자가 지금 겪고 있는 고통에 대해서든 말이다.

그리하여 따뜻한 봄이 오면, 우리가 가진 문제들 중 가장 처리하기 쉬운 문제 먼저 해결하려 한다. 팔리든 팔리지 않든, 우리의 식탁은 당근 마켓에 올려질 것이다. 어쩌면 식탁이 없는 삶에 존재할지도 모르는 휴전과 평화, 새로운 방식의 대화를 기대하며. 무엇보다 여유 공간이 좀 더 생기길 바라며.

잃어버린 정적을 찾아서

우리가 보내는 밤의 시간은 사실 완전한 어둠의 시간은 아니다. 불을 끄고 방에 누워 있을 때조차 도시의 인공적인 불빛이 스며들어오는 불완전한 어둠의 시간이다. 지구인의 대부분은 인공 불빛으로 훼손되지 않은 칠흑의 밤을 평생 동안 경험하지 못한다고 한다. 《잃어버린 밤을 찾아서》라는 책의 저자는 완전한 어둠의 세계를 찾아가는 실험을 한다. 그는 어둠을 잃어버리면 수면과 삶의 리듬, 예술과 사유뿐 아니라 우리 자신마저 잃어버리게 될 것이라고 말한다. 우리는 밤을 잃어버렸다는 사실도 의식하지 못한 채 매일 조금씩 망가지면서 살아간다.

나 역시 유사한 모험을 꿈꾼다. 제목은 '잃어버린 정적을 찾아서'쯤 될 것이다. 나는 소음에 취약한 편이다. 아침에 길을 나서다 원치 않는 소음과 마주하면 머릿속에서 웅성거리는 소리가 시작되고, 하루 종일 그 소리에 시달리다 피곤해져서 일찍 퇴장하게 된다. 그날 계획의 상당 부분이 물거품이 된다. 이런 걸 '귀 트임'이라고 하고, 생각보다 많은 사람이 이런 증상에 시달린다는 걸 인터넷을 검색하다 알았다. 소음에 한 번 귀가 트이면 그전에는 아무렇지 않던 소리들이 일상생활을 방해한다. 쩌렁쩌렁하게 틀어놓은 카페의 음악 소리와 귀를 날카롭게 파고드는 스포츠카의 굉음은 도시를 떠날 생각이 없는 유령 같다. 끈질기다. 화가 난다. 휴대폰 대리점은 왜 항상 요란한 음악을 틀어놓는 걸까? 우리 동네 마을버스 정류장 바로 앞에 있는 휴대폰 대리점은 세상의 모든 소음을 합쳐놓은 것보다 더 큰 소음을 낸다. 매일 10분 이상 머무는 장소에서 이 소리를 반복해서 듣다보니 신경줄이 끊어질 것 같았다. 그래서 이제는 아예 반대편의 도로에서 버스를 기다린다. 멀리서 마을버스가 오는 것이 보이면 급히 횡단보도를 건너서 정류장으로 뛰어간다. 선거 유세 차량도 만만치 않은 상대다. 언제나 그 자리에서 소음을 생산하는 휴대폰 대리점과는 달리 예상치 못한 장소에서 갑자기 튀어나와 한바탕 소음을 쏟아낸다는 점에서 대처할 수 있는 방법도 없다. 그저 오늘은 마주치지 않길 바랄 수밖에.

지금 인류의 생존을 위협하는 3대 환경 문제는 산불과 생태계 교란, 그리고 도시 소음이라고 한다. 팬데믹으로 인해 도시 소음이 다소 줄어들자 새소리가 한결 명랑해졌다는 연구 결과도 있다. 어양 산업이 위축되며 조용해진 바다에서 고래들이 좀 더 수다스러워졌다는 이야기를 읽은 적이 있다. 이 기사는 보기 드문 신비로운 내용으로 채워져 있었는데, 차량 소음이 심한 도로나 사람이 많은 카페에서 긴 대화가 어려운 것처럼 고래도 시끄러운 환경에서는 간명한 대화만 하거나 아예 입을 닫는다고 한다. 날이 갈수록 나와 남편이 입을 다물게 되는 이유는 어쩌면 우리 집에서 24시간 내내 들리는 올림픽대로의 살인적인 소음 때문인지도 모른다.

소음의 문제는 꼭 데시벨의 문제만은 아니다. 오로지 더 큰 목소리로 존재감을 드러내는 방식, 다른 이의 상황을 고려하지 않는 무신경한 태도, 한결같이 자신이 하고 싶은 말만 쏟아내는 메시지는 사람을 지치게 한다. 어쩌면 세상의 많은 고통이 그렇듯이 소음으로 인한 고통도 신체적인 문제라기보다는 심리적인 문제인지도 모르겠다. 나만 해도 인테리어 공사 소음 앞에서는 번번이 패배하면서도 층간소음에는 무딘 편이다. 어쩔 수 없기도 하고 이해할 수 있는 생활소음이라고 여기는 측면이 큰 것 같다. 한 친구는 광화문 근처에 작업실이 있는 관계로 매일같이 시위에 나서는 태극기 부대의 소음으로 인해 머리를 쥐어뜯고 있는데, 시위의 주체가 달라지면 그의 고통도 조금은 경감되지 않을까? 우리의 머릿속을 유난히 긁어대는 소음은 보고 싶지 않은, 받아들이고 싶지 않은 세상의 풍경과도 닮아 있다. 그런 면에서, 읽지 않으려고 해도 눈에 들어오는 악플들이 넘쳐 나는 인터넷 세상에서도 종종 많은 사람의 악다구니가 들려오는 것처럼 느껴질 때가 있다. 분명히 이어폰도 끼고 있지 않은데.

우리에게 가능한 정적은 어떤 형태일까? 살아가는 이상 소음은 피할 수 없고, 듣지 않을 권리가 있는 만큼 말할 권리도 있으며, 어려운 상황에서도 음악은 계속되어야 한다. 서교동 산울림 소극장 앞에는 남편이 대학생 때 아르바이트를 한 후에 지금까지 인연을 이어오고 있는 LP바가 있다. 그는 친한 친구이자 존경하는 어른인 사장님과 이야기를 나누려고, 집에서는 들을 수 없는 크기로 음악을 들으려고 이곳을 주기적으로 찾는다. 이곳에는 카페인을 수혈하듯이 정기적으로 음악을 수혈해야 하는 소수의 사람들이 모인다. 사장님은 매우 솜씨 좋게 대화와 음악을 이어나가다 어느 순간 정적의 시간을 갖는다. 정적도 일종의 음악이기 때문에 이 시간은 꼭 필요하며, 좋은 곡을 듣고 난 후에 찾아오는 정적은 그 곡을 듣기 이전과는 전혀 다른 질감을 가진다는 말을 하셨다고 한다. 그 말을 듣고 보니 정말 그랬다. 나 역시 새로 알게 된 음악을 좋아하게 되었다.

사실 나도 알고 있다. 세상의 소음을 차단할 수 있는 가장 간단한 방법은 신경을 끄는 것이다. 입구를 찾기 너무나 어려운 나만의 세계에 들어가는 것이다. 그곳에 일단 들어가게 되면 소음 같은 것은 더 이상 들리지 않는다. 샤워를 하다가 불현듯 경험하게 되는 무념무상의 시간이나 《슬램덩크》에서 골이 들어 갈 때까지의 몇 분 같은, 한없이 0에 수렴하는 시간을 만나게 되는 것이다. 그러니까 이건 흔한 ADHD인의 산만함의 문제다. 세상에 쏟아지는 수만 가지 소음에 관대해질 수 있기를, 스위치를 켜고 끄는 것처럼 세상과 쉽게 연결되었다가 간단히 단절될 수 있기를 바란다.

일 머리가 없다는 말

일을 하다 종종 '우리말 365' 서비스를 사용한다. 국립국어원에서 운영하는 카카오톡 채널인데, 언제나 즉각적으로 돌아오는 꼼꼼하고 신중한 답변을 보며 이 채널을 운영하는 분들의 직업정신에 감탄하곤 한다. 한번은 편집하고 있는 글에 '아구창'이라는 표현이 등장하여 "'아구창을 날리다'가 표준어일까요?"라는 질문을 던진 적이 있다. 이 질문에 "'아구창'은 '아가리'의 전남 방언이므로 '아가리'로 표현하시기 바랍니다"라는 답변이 도착했고 나는 '그렇구나' 하고 넘어갔다. 내가 감탄한 지점은 다음 날, 즉 24시간 후에 "지난 답변을 보충한다"며 추가적인 설명이 도착한 것이다. 질문을 던진 나조차 잊어버린 후에 도착한 정성스러운 답변은, 이러한 방식으로 일하는 사람들이 가진 기품을 떠올리게 했다.

오늘 내가 '우리말 365'에 새롭게 던진 질문은 이것이다. "'일 머리가 없다'는 말은 이제 공식적으로 사용할 수 있는 언어인가요?" 돌아온 답변은 이러하다. "네, 가능합니다만, 한 단어인 '일 머리'의 쓰임이 아니므로 '일하는 머리' 정도의 의미로 보아 '일 머리'로 띄어 씁니다."

간혹 세상에 넘쳐흐르는 어떤 단어가 나의 우주에는 없을 때가 있다. '일 머리'라는 말이 그렇다. 근래 들어 '일 머리가 있다'는 말이 자주 쓰이는 듯하다. 기본적으로 일에 대한 센스가 좋고, 요령 있게 일의 순서와 강약을 조절하며, 빠르고 효율적인 방식으로 일을 처리하는 사람들을 뒤에서 칭찬할 때 주로 쓰이는 말이다. 분명히 칭찬이지만 판단하는 느낌이 있는 탓인지 당사자 앞에서는 잘 쓰이지 않는다. "그 사람, 그래 봬도 일 머리가 있어" "얼마 전에 들어 온 신입이 그래도 일 머리는 있어서 다행이야" "일 머리 없는 사람이 리더라 여기는 답이 없어" 등. 신입 사원을 평가하거나 경력직 채용을 앞두고 평판 체크를 할 때도 가장 먼저 체크하는 것이 일 머리지만, 명확한 기준이 있다기보다는 직감으로 판단하는 영역이라는 인상이 강하다. 어떨 때는 이 말이 지극히 관계중심적으로 사용되며, 단순히 상대방이 업무하기 편하게 만들어주는 사람을 '일 머리가 있다'고 칭찬하는 것처럼 들리기도 한다.

일하는 법은 현장에서 경험으로 익힐 수밖에 없는 것임에도 불구하고 유튜브에는 일 잘하는 법을 알려주는 콘텐츠들이 가득하다. 일을 잘하고 싶어 하는 사람들을 위한 구독형 콘텐츠도 인기고, 일 머리를 길러준다는 책들도 이미 무수히 출간되어 있다. (그러나 이런 콘텐츠를 속독하여 일 머리를 기르려는 노력은 결국 실패로 돌아가지 않을까 하는 것이 나의 강력한 편견이다.) 이쯤 되니 일 머리야말로 현대 사회의 가장 큰 미덕이 아닐까 하는 생각도 든다. 나의 남편만 해도 종종 이렇게 투덜대곤 한다. "열심히만

하면 뭐해. 일 못하는 건 죄야." 그러고 보니 가끔은 이런 말도 덧붙였던 것 같다. "네가 직장 동료가 아니어서 참 다행이야."

일 머리라는 말이 입에 잘 안 붙고, 사실은 앞으로도 별로 입에 올리고 싶지 않은 이유는 내가 일 머리가 없는 사람들에 대한 일말의 애정이 있기 때문이 아닌가 싶다. 여기서부터는 '일 머리가 없다'는 말은 '일을 잘하지 못한다'가 아니라, 자기만의 속도와 방식으로(그러니까 꽤나 느리고 비효율적으로) 일한다는 의미로 사용하겠다. 과거의 직장 동료였고, 지금도 친하게 지내는 후배 한 명이 떠오른다. 몇 년 전 우리는 잡지사에서 함께 일했는데, 어느 날 그가 벽돌 두께의 책을 대여섯 권 들고 들어왔다. 기사를 작성하다가 막히는 부분이 있어서 참고하기 위해서 도서관에서 빌려온 것이라고 했다. 문제는 그 기사는 '고작' 반 페이지짜리고, 그로부터 약 3시간 후가 데드라인이었다는 것이다. 당시 그의 마감에 관여해야 하는 입장이었던 나는 심장이 약간 아파왔다. '으응? 그 책을 다 읽으려면 한 달은 더 걸릴 것 같은데? 지금 당장 뭐라도 글자를 생성하지 않으면 안 될 것 같은데, 안양에 있는 도서관까지 다녀왔다고?' 그가 일하는 방식은 늘 이런 식이었는데, 한 컷의 사진을 촬영하기 위해 트럭 분량의 소품을 모으거나(실제로 용달 트럭을 애용했다), 한 꼭지의 기사를 작성하기 위하여 수십 권의 참고도서를 읽고, 해외 사이트의 영어 기사를 일일이 번역해보는 식이었다. 방대한 자료 수집이 끝나고 나면 바느질로 한 땀 한 땀 자수를 놓는 속도로 기사를 썼다. 논문을 쓰는 게 아니니 조금 덜어내도 된다고 수차례 설득하고 심장도 몇 번 움켜쥐었지만, 다음 날 아침에 내 책상 위에 놓여 있는 그의 작업물을 보면 마음이 스르르 녹곤 했다. 노력의 농축액이자 열정의 집대성이라고 표현할 수밖에 없는 밀도 높은 작업물이 도서관이나 박물관이 아니라 내 책상 위에 놓여 있는 것이 아쉬울 정도였다.

사실 장인은 어디에나 있다. 조사 하나를 붙였다 뺐다를 반복하는 출판 편집자(세상의 많은 편집자들이 아마 그러할 것이다), 작은 카페를 운영하며 수지 타산에 안 맞는 비싼 원두를 사놓고, 로스팅이 조금이라도 마음에 안 들면 죄다 내다 버리는 바리스타(우리 오빠다) 등 장인의 기질을 부추기는 직업군도 있지만, 평범한 어느 사무실에나, 어느 부서에나 한 명쯤은 장인이 살고 있는 것 같다. 각종 보고서와 엑셀 문서, PPT 파일 안에서 작품을 세공하고 있는 이들은 타인의 평가가 아닌 자신만의 엄정한 기준을 가지고 일한다. 그리하여 가끔은 편한 길을 두고 어려운 길로 돌아가는 듯 보이고, 타인의 걱정 어린 조언을 등짝에서부터 튕겨내는 고집스러운 외골수처럼 느껴지기도 한다.

나 역시 일을 빠르고 효율적으로 처리한다고는 결코 말할 수 없지만, 나는 다른 사람의 시선과 사무실의 공기, 관계도, 사회가 요구하는 속도에서부터 완전히 자유로워지지도 못하는 쪽이다. 그래서 적당히 애쓰고, 욕먹지 않는 선에서 늦지 않게 마무리하고, 마음에 들지 않는 부분이 있어도 완전히 끝까지 밀어 붙이지는 못한다. 그래서 나는 사무실의 장인들이 보여주는 뚝심에 매번 감탄하곤 한다. 관리자의 눈치와 경고, 압박하에서 (속으로는 진땀을 흘리고 있을지 모르겠지만) 태연히 작품을 빚는 그들은 속도와 연결, 생산성을 촉구하는 세계에서 튼튼한 방공호를 지닌 사람들처럼 보인다. 안타까운 점은 모두가 몹시 바쁜 현대의 사무실에서 그의 작업물이 지닌 가치를 알아보는 사람이 많지 않다는 것이다. 조금만 더 자세히 들여다보면 이들이 거치는 요령 없고 비효율적인 업무 과정에는 마땅한 이유가 있으며, 이러한 과정을 거치지 않으면 얻을 수 없는 결실이 따른다는 사실을 알게 된다. 이 과정을 '일 머리가 없다'는 한마디로 뭉갤 수는 없을 것이다.

그 누구도 일에 몸과 마음을 갈아넣으라거나, 양질의 결과물을 내기 위해 더 많은 시간을 일하라고 말할 수 없고, 그래서도 안 된다. 다만 어차피 매일같이 일해야 하는 상황에서 내가 하는 일에 대한 자긍심, 반복되는 노동을 통해 만들어내는 나만의 세계, 그 안에서 느낄 수 있는 즐거움이 없다면 꽤나 견디기 힘들어진다는 것만은 분명한 사실이다. 그래서 나는 우리 모두가 각자의 방식으로 장인 정신을 가져야 한다고 생각한다. 대단한 업적이나 질 높은 결과물, 타인의 평가를 위해서가 아니다. 하루 중 상당 시간을 그 안에 머물러 있어도 괜찮은, 가끔은 즐겁기까지 한 자신만의 성채를 지키기 위해서다.

의전의 거리

어느 날 상사가 지방 출장을 다녀오라고 명했다. 당시 내가 일하던 회사에서 기획한 행사에 참여하는 유명인들을 의전하라는 거였는데, 정확히 무엇을 해야 하는지는 알 수 없었지만 뉘앙스로 미루어 짐작하건대 무언가 중요한 업무를 맡게 되었다는 사실은 알 수 있었다. 차에서 내린 유명인들이 로비에서 사진 촬영을 하고, 행사장까지 걸어가는 길을 안내하는 일은 간단한 듯 간단하지 않았다. 일단 처음 마주하는 상황에 긴장했고, 어설펐으며, 내가 서야 할 자리가 어디인지, 유명인과 어느 정도의 거리를 유지하며 걸어야 하는지 판단하기 어려웠다. 단 하나 알 수 있는 것은 완벽한 투명 인간이 되어야 한다는 사실이었다. '몸 둘 바를 모르겠다'는 말이 꼭 부끄러움의 은유적인 표현인 것만은 아니다. 실제로 내 한 몸을 어디에 두어야 할지 모르겠는 상황들이 꽤 많았고, 그날도 그랬다. 유명인들은 마치 나라는 사람이 보이지 않는 것처럼 행동했고, 그럼에도 나는 바짝 붙어서 출입문을 열고 엘리베이터를 잡아야 했으며, 취재를 위해 몰려든 기자들은 나를 향해 일제히 소리쳤기 때문이다. "얼쩡거리지 말고 저리 비켜요."

일을 하다 보면 종종 누군가를 '모셔야' 하는 상황이 생긴다. 잡지 에디터로 일하던 시절에 진행했던 한 화보 촬영 현장의 일화가 생각난다. 한 배우가 메이크업을 받으며 "아, 찜닭 먹고 싶다"고 했는데, 나는 그 말을 '아, 저 사람은 찜닭이 먹고 싶구나' 정도로 받아들이고 별다른 생각 없이 내 할 일을 했다. 기분이 언짢아진 그가 거친 태도로 촬영을 하고 돌아간 후에야 다른 스태프의 귀띔으로 나는 그것이 찜닭의 문제였다는 사실을 알게 되었다. 배우와 스태프들이 좋은 컨디션으로 촬영에 임할 수 있는 환경을 조성하는 것도 진행자의 일이니 나의 직무 유기라면 유기다. 하긴, 주문해놓은 도시락이 이미 촬영 현장에 도착해 있었기 때문에 의중을 알았더라도 어쩔 수 없었을 것이다. 그러나 그 이후로도 한동안 찜닭을 먹을 때마다 자연스레 그 배우의 얼굴이 떠올랐다. (오해가 있을까봐 덧붙이자면 좋은 태도로 성실하게 일하는 직업인으로서의 배우들이 훨씬 더 많다.)

반대로 내가 자발적 의전에 나선 경우도 있었는데, 아름다운 은발의 시인을 만난 날이었다. 섭외를 위해 전화를 걸었을 때 시인은 말했다. "나는 고약한 사람입니다. 왜 나를 만나려고 하지요?" 우아하면서도 강단 있는 목소리에 매료된 내가 기획 의도를 자세히 설명하자, 그는 자신의 첫마디가 방어적으로 들렸다면 미안하다고 사과하며 본인의 '고약함'에 대해 이렇게 부연했다. "젊었을 때는 눈꼬리랑 입술이 위로 치솟아 있었어요. 그래도 마음은 심약해서, 어딜 가도 항상 내가 '꽁지'였지."

의상을 준비해두겠다는 말을 극구 만류한 그는 촬영 당

일에 40년 전의 결혼식에서 입었던 두루마기를 입고 스튜디오에 들어섰다. 귀하고 아름다운 두루마기를 입고 택시를 타셨다는 것이 마음에 걸려서 촬영 후 운전을 해서 집까지 모셔다드렸는데, 가는 길 내내 나이 든 사람이 젊은 사람을 번거롭게 한다고 안절부절못하셨던 그분의 모습이 생각난다. 인터뷰에서 "나는 마음이 아름다운 사람은 아니에요"라고 거듭 강조하시던 그분은 말미에 이런 말씀을 덧붙였다. "그러나 아름답지 않은 걸 지우려는 노력은 합니다."

지금도 의전이라는 단어를 들으면 내가 미처 챙기지 못한 찜닭과 시인의 아름다운 두루마기 한복이 동시에 떠오른다.

사실 우리를 끈질기게 따라다니는 것은 이보다 일상적으로 요구되는 의전이다. 배달 음식이 주문되고 도착하여 포장재가 벗겨질 때까지 우아하게 자신의 자리에서 업무에 열중하는 자, 자신의 컴퓨터에 문제가 생겼을 때 당연한 듯이 신입 직원을 부르는 자, 인턴 사원에게 전화는 5초 안에 당겨 받으라고 성을 내는 자 등은 개체수가 크게 줄어들었을지언정 현대의 사무실에도 여전히 자리를 보존하고 있을 것이다. 신입 직원 시절의 나 역시 이런 상황을 마주할 때마다 '그래, 어찌됐든 저 사람은 어른이니까' 하며 스스로 위계가 아닌 예의에 의해 움직이고 있다는 최면을 걸었던 것 같다. 그러나 마음속으로는 알고 있었다. 내가 진짜 잘해야 할 '우리 집의 어른들'에게는 결코 이런 태도를 보이지 않는다는 것을.

미국의 저술가 말콤 글래드웰의 《아웃라이어》라는 책을 읽다가 한 사회의 문화를 나타내는 지표로 '권력 간격 지수PDI, Power Distance Index'라는 것이 있다는 것을 알게 됐다. 그 사회가 위계와 얼마나 가까운지를 드러내는 이 지수는 "직원들이 관리자의 의견에 동의하지 않음에도 두려움 때문에 그것을 드러내지 않는 일이 얼마나 자주 발생하는가?" "나이 많은 사람이 얼마나 존중받고 또한 두려움의 대상이 되고 있는가?" "권력층이 특권층으로 받아들여지고 있는가?" 등의 질문으로 측정된다. 지수가 높을수록 권력과의 간격이 좁은 사회다. 권력을 지닌 자가 아무리 개떡 같이 말해도 누군가는 찰떡 같이 알아듣고 행동한다는 점에서 '고맥락사회'라고도 한다. 권력간격지수가 낮은 스웨덴과 같은 나라에서 권력은 "그것을 가진 사람이 부끄러워하고 은밀하게 행사해야 할 그 무엇이다".

반면에 권력간격지수가 높은 우리 사회의 의전 중독은 일상의 곳곳에서 모습을 드러낸다. 아침 출근 시간에 경비원에게 엘리베이터 앞에서 90도 인사를 하게 했다는 어느 아파트 단지, 건물을 관리하는 청소 노동자들의 엘리베이터 통행을 금지했다는 어느 회사, 자신의 우산을 제 손으로 드는 일이 그토록 자랑스러운 정치인들의 세계, 그리고 '어느 누구도 시키지 않았지만 알아서' 소설을 쓰는 언론들은 우리 사회의 '맥락 있음'을 선명하게 드러낸다.

부당한 일들을 하고 싶지 않다면 개인이 스스로 뒤로 물러나 권력과의 거리를 넓히면 된다는 주장들을 간혹 접한다. 이를 피해자의 욕망과 연결시키려는 시도들도 종종 눈에 띈다. 그러나 권력을 가진 이들이 좀처럼 부끄러워할 생각이 없는 사회에서 이러한 말들은 공허할뿐더러 폭력적이다.

오늘의 메뉴

우편함에 꽂혀 있던 선거 관련 우편물을 뜯었다. "절대로 혼밥하지 않겠습니다"라는 문구가 가장 먼저 눈에 들어왔다. 무슨 말이지? 게다가 점심 두 끼, 저녁 두 끼도 먹을 수 있다고? 활발한 소통을 공약하기 위해 '식사 정치'를, 다른 이를 떠올리게 하려는 목적으로 '혼밥'을 불러들여 완성되었을 이 문구는 나와 같은 사람에게는 영 와닿지 않았다. 이왕 혼밥을 끌어들일 거면 "혼밥하지 않는 사람이 되겠습니다"보다는 "혼밥할 수 있는 사람이 되겠습니다"가 조금 더 호감 가는 캐치프레이즈 아닌가?

높으신 분들의 세계는 도통 알 수 없으니 사무실로 돌아가보자. 배경은 무수히 많은 직장인들이 우르르 쏟아져 나오는 여의도 식당가, 절대로 혼밥하지 않는, 아니 못 하는 부장이 있다. 그가 사랑하는 메뉴는 김치찌개, 순댓국, 설렁탕. 다른 직원들의 의사를 존중하고자 하지만 주기적으로 '국물'을 수혈해야 하는 것은 어쩔 수 없다. 정확한 1/n 문화가 정착되지 않아서 밥값은 적당히 돌아가며 내는 방식이지만 조금 가격이 있는 음식을 먹을 때 그는 종종 카드 지갑을 깜빡하고 사무실에 두고 온다. 가족끼리도 조심하며 밥 먹는 요즘 같은 시대에 누군가의 부주의함으로 김치찜 냄비에 숟가락이 담가진다면? 혹은 나의 설렁탕에 갑자기 소금이 뿌려진다면? 나아가 오늘의 점심은 뒤처리가 설거지 수준으로 번거로운 배달 음식이고, 랩을 벗기고 플라스틱을 분류하는 사람이 주로 나라면? 살아가다 보면 '오늘은 뭘 먹을까'라는 고민이 더 이상 즐겁지 않고, 한없이 무겁고 지리멸렬하게 느껴지는 순간이 찾아온다. 그럴 때 우리에게 필요한 건 모든 관계를 박차고 나와서 맛이나 시간, 혹은 생각 그 자체를 천천히 곱씹을 수 있는 혼밥의 시간이다. 나는 혼밥할 시간을 벌어주는 상사, 나아가 본인도 가끔은 혼밥하며 스스로를 돌아보는 상사, 나아가 나의 냉면에 마음대로 식초를 뿌리지 않는 상사를 원한다.

조선시대 외국인의 기록에 "조선인들은 늘 뭔가를 먹고 있다. 그리고 마주칠 때마다 이리 와서 먹는 것을 거들라고 한다"고 쓰여 있었다는 농담을 본 적이 있다. 그만큼 자신의 밥도, 다른 사람의 밥도 정성스레 챙기는 것이 한국인의 미덕이라고 하지만, 자리를 만든 의도나 마주한 사람의 위계, 혹은 한쪽의 편의가 강하게 작동하는 정치적인 식탁은 이야기가 조금 다르다. '밥'에 진심이라고 호소하는 정치인은 취임하면 돼지고기 김치찌개를 직접 끓여서 사람들과 나누겠다고 말한다. 그러나 김치찌개를 나눠먹으면 소통이 저절로 따라올까? 혹은 마음 편히 먹을 수라도 있을까? '떼밥=소통왕' '혼밥=왕따'라는 이분법적인 논리가 사라진 뒤에야 소통이 시작되지 않을까?

부모님 집에 가면 할머니는 우리에게 끊임없이 음식을 먹으라고 권하고, 옆에 있는 아빠는 요즘 같은 시대에 젊은 사람들에게 자꾸 먹으라고 하는 것도 안 좋다며 할머니를 말린다. 더 먹으라는 권유가 정으로 느껴지는 것은 할머니라는 특수한 세계에 국한된 것이고(이 세계는 물론 유효하다), 부모님 세대는 이미 그것이 부담이 될까봐 자제하는 마음이 있는 것이다.

2022년을 살아가는 나는 일상생활의 식사 자리에서 다음과 같은 세심한 배려를 지닌 이에게 마음이 끌린다. 이를테면 많은 논의가 필요한 미팅은 점심 식사가 아니라 오후 2시의 티타임으로 잡는 것. 사실상 음식물을 씹으면서 '논의'는 불가능하며, 우물우물하다가 결국 티타임으로 넘어가게 되니. 점심을 함께하는 상황에서는 무성의하게 '아무거나'를 외치는 대신, 함께하면 좋을 메뉴와 모두가 오기 편한 동선 등을 적극적으로 고민하는 것. 상대가 음식을 많이 남겼을 때는 좀 더 먹으라고 채근하는 대신 모르는 척 해주는 것. 음식이 입에 잘 맞지 않아서, 어려운 자리여서, 가벼운 다이어트 중이어서 등 속 시원하게 이유는 말할 수 없지만 그릇을 깨끗이 비우지 못할 이유는 너무나도 많으니. 또한 누군가를 집으로 초대했을 때는 1인분의 양을 조금 적은 듯이 담는 것. 게스트가 접시를 깨끗이 비우고 음식을 좀 더 달라고 청하는 것으로 요리에 대한 찬사를 표현할 수 있도록.

요즘 점심으로 종종 서브웨이 샌드위치를 먹는다. 서브웨이 샌드위치의 조합은 아마 수천 가지쯤 될 거다. 언제나 조금 피로해 보이는 직원과 뒷사람의 압박 속에서 빨리 결정해서 실수 없이 주문하는 것이 꽤 어렵기 때문에, 서브웨이 주문 라인에 서 있는 사람들은 누구나 조금씩 초조해 보인다.

나 역시 샌드위치 속 재료 앞에서 당황하는 사람이었는데, 최근에 서브웨이 어플을 설치해서 선주문을 하면 옵션 하나하나를 신중히 고를 수 있다는 사실을 알게 됐다. (이런 사람들이 아주 많다는 것을 본인들도 알고 있는지, 어플을 켜면 가장 먼저 나오는 홍보 문구가 '말이 안 나올 땐 손으로 주문하자'다.) 그렇게 현대 문명이 선사하는 자유 속으로. 가게까지 걸어가는 동안 천천히, 아주 천천히 고른다. 빵은 호밀빵으로, 치즈는 갈아져 있는 것으로, 토마토는 필수, 오이랑 피클은 무조건 빼달라고 하고 올리브는 듬뿍, 그리고 후추도 절대 잊어서는 안 된다. 오늘은 색다르게 사우스웨스트치폴레 소스를 뿌려볼까? '이국적으로 매콤한 맛'이라니, 이게 뭐지? 이런 식으로 옵션을 하나씩 결정해나가며 아주 세밀한 기쁨을 느낀다. 오늘의 메뉴를 매우 치밀하고 신중하게, 주도적으로 계획할 수 있다는 데서 오는 기쁨인 걸까? 그냥 혼자라 좋은 걸까? 아니면 마침내 봄이 되어서? 어찌 됐든 겨우 이런 데서 기쁨을 느끼는 것이 사람이다.

그런데 서브웨이에 도착해서 샌드위치를 먹을 때 봉착하는 문제가 있긴 하다. 잘게 썰린 야채며 올리브며 토마토가 제멋대로 튀어나오고, 소스는 첫 입부터 다 먹을 때까지 끊임없이 뚝뚝 떨어지는 것. 손에 잔존할지도 모르는 바이러스로 인하여 최대한 빵에 손을 안 대고 먹으려고 하니 문제는 더욱 심각해진다. 쟁반 위가 엉망이 되고 나를 지켜보는 이가 없어도 수치스럽다.

한번은 돌아와 '서브웨이 샌드위치를 깔끔하게 먹는 법'을 검색해봤다. 역시나 비슷한 곤란함을 겪는 사람들이 많다는 사실을 알게 되고 크게 웃었다. 포장지를 완전히 벗겨내지 말고 조금씩 찢어가며 먹으라는 의견이 대세였지만, 나는 왜인지 잘 해낼 수 없는 방법이었다. 그리하여 여러 의견을 종합하여 '서브웨이 샌드위치를 깔끔하게 먹는 법'에 대해 내가 내린 결론은 '코끼리를 냉장고에 넣는 법'과 비슷하다. 조금 허무하다는 뜻이다.

① 좀 더 안정적인 뒷면이 위로 오도록 샌드위치를 뒤집는다.
② 엄지와 검지로 본체를 잡고 내용물이 빠지지 않도록 아래쪽을 받친다.
③ 입에 넣는다.

* '수제 햄버거를 먹는 법'도 위와 동일.

이 주제를 검색하다 보게 된 어떤 사람의 글이 기억에 남는다. 대략 이런 내용이었다. "서브웨이 샌드위치 깔끔하게 먹는 팁은 없나요? 옆에 여고생 무리는 어찌나 우걱우걱 잘도 먹는지…. 별게 다 부럽더라고요! 줄줄 흘리는 쌩얼 임신부는 쭈구리가 되어 먹고 이제 집에 갑니다." 그러고 보면 '깔끔'은 별로 중요하지 않은 것 같다. 서브웨이 샌드위치를 가장 근사하게 먹는 법은 망설이지 말고 거침없이, 그러나 어떤 트집도 잡을 수 없을 만큼 완벽하게, 다른 사람에게 압도되거나 긴장할 생각이 전혀 없다는 기세로 먹어 치우는 것이다.

하지 말아야 할 농담

며칠 전 내 앞을 걸어가는 중년 여성 세 명의 대화가 들려 왔다. 내 귀에 꽂힌 한마디는 "그러니까 어쩌라고 얘한테 M 사이즈를 사다줬대? 딱 봐도 XL, 아니 XXL는 되겠구만. 으하하하"였다. 아마도 한 여성이 자녀가 사다준 옷을 자랑하며, 그런데 옷이 조금 작다고 고백하지 않았을까? 혹, 자랑이 과도해서 질투를 불러일으킨 걸까? 이 말이 나온 배경과 그들의 관계에 대해서 자세히 알 수는 없지만, 농담의 대상자가 된 여성의 씁쓸한 표정, 그들 사이에 잠깐 뜬 '마', 그리고 중간에 낀 또 다른 여성의 애매한 웃음 등을 뒤에서 훔쳐보며 아무래도 이것은 좋지 않은, 난폭한, 실패한 농담이었다고 생각하게 됐다. 잠시 입을 다물고 있던 여성은 "M 사이즈도 대충 맞을 줄 알았나 보지, 뭐"라고 상황을 무마했고, 그렇게 그들은 나의 시야에서 멀어져갔다.

나는 재미있는 사람을 좋아한다. 아니, 편애한다. 그래서 주위에 농담을 즐기는 사람들이 많은 편이다. 물론 이들도 PC한 농담만 기계처럼 쏟아내는 것은 아니다. 하지만 적어도 "근데 이런 이야기는 좀 그렇지?"와 같은 말로 스스로를 견제할 줄 아는 사람들이다. (그래서 한없이 좁은 마음에도 불구하고 절교하거나 상처받지 않고 친구로 남을 수 있었다.) 농담의 수위를 조절하는 것은 쉽지 않은 일이다. 재치 있는 말로 돋보이고 싶어 하는 인간의 본능이 멈춰야 할 때 꼭 한 발 더 나아가게 만들기 때문이다.

그러나 결코 하지 말아야 할 농담이 있다. 체중과 키, 건강, 종교, 부동산, 사는 지역, 정치적 성향, 직업, 연봉, 가족, 애인 등과 관련된 농담들, 현대 사회에서 종교만큼 강력한 계급으로 작용하고 있는 취향을 비하하는 농담들, 무엇보다 내가 짐작조차 할 수 없는 타인의 고통이나 상처를 헤집어놓는 농담들. 재치와 무례 사이는 너무나도 가깝고, 나에게는 별것 아닌 것처럼 느껴지는 이야기가 상대방에게는 치명적인 공격이 되는 경우는 생각보다 흔하다. 그래서 좋은 농담을 던지는 이들은 대체로 뾰족한 인권 감수성을 지니고 있다. 상황에 꼭 들어맞으면서 페이소스가 담겨 있고, 모르고 넘어갔다가도 뒤늦게 피식 웃게 만드는 예술적인 농담을 던지는 이들은 사람과 상황을 공들여 관찰하곤 한다. 사람에게 관심이 많은 이들이 섬세한 감수성을 지니고 있는 것은 당연한 일일 것이다.

언젠가 한 희극인을 인터뷰하다가 "자기 검열이 코미디에 도움이 되나요?"라는 질문을 던진 적이 있다. 그가 선보이는 코미디에서 신중함과 조심스러움이 느껴졌기 때문이다. 당시에 그는 이렇게 말했다. "효율성으로만 따지면 별로죠. 코미디에는 화끈한 맛이 있어야 하는데, 자기 검열이 없는 게 편할 수도 있어요. 누군가에게 상처를 주는 것에 겁을 많이 내는 편이라 스스로 답답할 때가 있어요. 그런데 내가 편하기 위해서 덜어 버려도 되는 부분은 아니고, 자기 검열은 코미디를 계속하려면 가지고 있어야 하는 것 같아요." 나는 이러한 태도가 우리 모두에게 필요하다고 생각한다.

그렇다고 해서 '올바른 농담만 남은 세계는 지루하기 짝이 없다'며 미리 좌절할 필요는 없다. 사실 위의 농담을 삼가야 할 이유는 그다지 재미가 없기 때문이기도 하다. 나는 언제나 자신의 고급스럽지 않은 취향과 좋지 않은 습관, 올바르지 않은 세계관을 폭로하는 이들의 농담이 훨씬 더 재밌다. 자신을 낮추는 농담은 누구에게도 해를 입히지 않으면서 훨씬 더 먼 곳까지 도달한다. '고작' 잠깐 웃기기 위해서 잘 알지도 못하는 타인의 문제를 끌어들이는 위악적인 농담을 떠올려보면, 내가 어떤 농담에 웃을 수 있는지, 그리고 어떤 농담에 웃는 사람이 되고 싶은지에 대한 판단을 쉽게 내릴 수 있다.

또한 우리가 회복해야 할 감각 중 하나는 진지함에 대한 존중일 것이다. 요즘에는 인터넷 상에서든, 사석에서든, 무언가 '이야기'라는 것을 하려는 사람은 '진지충'이라고 조롱받는 경향이 있는 것 같다. 우리는 언제부터 진지함을 경멸하게 되었나. 자신이 실수한 것, 간과한 것, 알지 못하는 것에 대한 회피를 농담으로 포장하는 것은 얼마나 위험한 일인가. 심지어 우리들의 삶을 실질적으로 공격할 수 있는 정치인마저도 누군가를 혐오하는 표현을 던져 놓고 농담이었다며 대충 뭉개고 넘어가는 나날들이다. 주의 깊고 섬세하게, 공들여서 설계한 농담이 듣고 싶다. 농담이 사라진 사회도 두렵지만, 저열한 농담만 남은 사회는 훨씬 더 두려우니까.

몸에 관한 이야기

최근에 다이어트를 시작했다. 나에게는 커다란 생활의 변화이지만 누군가는 '다이어트'라고 분류하지도 않을 미약한 수준의 몸부림이다. 어찌됐든 무언가를 시작하면 나름대로 열심히 하는 편인 나는 매일 아침 눈을 뜨면 경건한 마음으로 체중계에 오른다. 200그램이 줄어든 날은 기쁘고, 500그램이 줄어든 날은 매우 기쁘고, 그러다 다시 800그램이 늘어난 날은 무척이나 당황스럽다. 이렇게 일희일비하는 나날을 보내면서도 이러한 종류의 기쁨과 슬픔은 누구와도 나눌 수 없다고 생각한다. 200그램이든 500그램이든 타인에게는 "그 정도면 물만 마시면 돌아올 무게인데 뭘 그래?"의 문제이기에. 500그램을 감량하기 위해 치렀던 하루치의 노력은 오로지 나만 아는 영역이기에. 이러한 생각에 시원스럽지 못한 성격까지 더해져, 누구를 만나도 식단을 관리하고 있다는 말을 하지 못하고 괜히 음식 앞에서 깨작대는 나날들이다.

비밀리에 다이어트를 진행하고 다른 사람이 되어 어느 날 크롭티를 입고 짠, 하고 나타나고 싶은 것은 아니다. 아마 크롭티는 이번 생에는 입지 못할 것이다. (그런데 요즘 나오는 티셔츠는 길이가 왜 그리 짧은 걸까?) 사실 나는 결과적으로 5킬로그램이 빠지든, 10킬로그램이 빠지든 이 사실을 타인에게 들키고 싶지 않다. 아무 일도 없었던 것처럼, 원래 그랬던 것처럼, 누구의 눈에도 띄지 않고 그냥 그 자리에 있고 싶다. (가능하다면 마른 상태로.) "살 빠졌네?"와 같은 칭찬은 "요즘 몸이 편한가봐"와 같은 핀잔과 마찬가지로 무척이나 부끄럽기 때문이다. 이것은 꼭 다이어트에 국한된 이야기만은 아니다. 나는 어릴 적부터 외모에 대해 이야기를 나누는 상황을 왠지 모르게 부끄러워했다. "그 옷은 어디에서 산 거야?" "미용실에 한 번 가야겠다" "눈썹 손질했네?"와 같은, 일상에서 흔히 듣게 되는 그런 이야기들 말이다. 나의 후줄근함을 지적받는 것도 부끄러운 일이었지만 새 옷을 입는다거나 머리를 자른 티가 나는 것도 부끄러웠다. 아주 소심하게 멋을 부려본 것을 들키는 느낌이랄까. 나는 자연스레 외적인 부분에 너무 많은 에너지를 쏟지 않는 쪽으로 진화했다. 그것이 몸이든, 옷차림이든, 화장이든 머리 모양이든 말이다. 그럼에도 불구하고 다이어트를 결심한 것은 나 역시 강박으로부터 자유롭지 못하다는 뜻이고, 이번에는 정말, 꼭, 반드시, 해야 한다는 뜻이기도 하다.

갑자기 신체검사를 앞두고 두근거리던 어린 시절이 생각난다. 당시에는 선생님이 키나 몸무게를 불러주면 반장이 받아 적는 식이었고, 그 일지를 키득대며 돌려보는 아이들과 놀림의 대상이 되는 아이들이 있었다. 설마 요즘도 이런 식으로 검사가 이루어지는 것은 아니겠지? 아닐 거라 믿는다. 졸업과 동시에 신체검사로부터 자유로워졌다고 생각했지만, 30대의 어느 날 나는 산부인과에서 강한 기시감을 느꼈다. 임신을 하면 체중이 중요해지기 때문에 산부인과를 방문할 때마다 체중을 재게 되는데, 사람들이 앉아서 대기 중인 의자 바로 옆에 체중계가 있었던 것이다. 임신부라면 이러한 수모는 당연히 받아들여야 한다는 걸까? 엄마가 될 마음의 준비가 되어 있는지 시험하는 걸까? 갈 때마다 무신경하게 큰 소리로 체중을 외치는 간호사에게 제발 좀 작게, 가능하다면 속삭여달라고 사정하고 싶은 심정이었다.

사실 몸무게가 수면 위에 떠오르는 상황이 아니더라도 나의 외모를 돌아보게 되는 일은 수도 없이 많다. 졸업은 결코 끝이 아니었다. "대학 가면 다 예뻐져"라는 말이 더 이상 들리지 않게 된 시점에서부터 본격적인 외모 검열이 일상에 침투하기 시작한 것이다. 세상의 시선, 너무 엄격한 평균, 매우 선명한 차별, 타인들과의 비교와 자책 등으로 일상은 매우 쫀쫀하게 피곤해졌다. 아침마다 뭘 입고 갈지 고민하는 게 일이고, 마음에 들지 않는 옷을 입고 나온 날에는 얼른 집으로 돌아가고 싶어졌으며, 미용실에서 잘못된 선택을 한 다음에는 펌이 풀리기 전까지 누구도 만나고 싶지 않았다. 이 중에서도 몸에 대한 결박은 매우 강력해서, 우리 사회에서는 누구를 만나서 무엇을 해도 몸에 대한 이야기가 우리 주위를 떠돈다. 회사 엘리베이터에서 "밥 먹었어?"와 거의 대등하게 사용되는 인사말은

"얼굴 좋아졌네?"이고("얼굴 너무 좋아진 거 아니야?"의 뜻인지도 모른다), 명절에 오랜만에 만난 친척은 조카의 몸을 개선의 여지가 있는 시험 성적쯤으로 간주하며, 면접 자리에서나 소개팅 자리에서나 상대의 몸을 평가하고 계급화하는 무언의 시선들이 있다. 이러한 분위기 속에서 스스로를 독촉하고 압박하게 되는 것은 당연한 일이다.

그런데 요즘 인스타그램을 둘러보다 보면 매우 적나라한 몸의 이미지들을 마주치게 된다. 심지어 그것이 내가 아는 사람일 때도 있다. 이 앵글과 조명과 속옷은 뭐람. 내가 이상한 건가. 나는 요즘 유행하는 바디 프로필 문화가 무척이나 과격하게 느껴진다. '건강한 몸'을 목표로 무언가를 열심히 하는 사람의 모습은 아름답지만, 그 결과를 전형적이고 노골적인 방식으로 포착하여 전시하는 일은 그리 건강해 보이지만은 않는다. 이미 각종 미디어에서 흘러넘치는 아름다운 몸에 대한 이미지로 모자라, 아슬아슬한 속옷을 입고 포즈를 취하고 있는 친구의 몸까지 고스란히 보고 있는 상황이 우리에게 어떻게 작동하게 될까? 조금만 방심하면 사라져버리는 의지를 다잡는 것은 워낙에 어려운 일이지만, 남에게 보이기 위하여, 인증하기 위하여, 전시하기 위하여 몸을 만드는 일이 과연 지속 가능할까? 혹시 나도 10킬로그램쯤 빼고 나면 혹독한 노력의 결과물을 사진으로 박제하고 싶어질까?

사실 그럴 리 없다고 생각한다. 나는 나의 몸이 어떤 상태이든 사랑할 수 있는 사람은 아니고, 타인의 시선도 무척이나 신경 쓰지만, 나의 몸에 대해 느끼는 감정은 나만의 것으로 해두고 싶다. 그것이 수치스러움이든 자랑스러움이든 말이다. 이미 아름다운 몸의 향연이 펼쳐지고 있는 세상에 이상적인 몸에 대한 이야기는 적을수록 좋다고 생각한다. 우리가 좀 더 세세하게 나누어야 할 몸에 관한 이야기는 나이를 먹어가며 마주하게 되는 몸의 변화와 그로 인한 다양한 감정들이 아닐까. 모 연예인이 무슨 수로 3개월 만에 10킬로그램을 뺐는지가 아니라.

지루함의 발명

대한민국을 대표하는 비주얼리스트라고 불리던 영화감독이 있다. 이 정도의 힌트만으로도 많은 이들이 알 법한 감독님이지만 여기서는 그냥 K 감독님이라고 해두자. 이 대화는 사회 초년생 시절에 일했던 잡지사를 배경으로 한다. 옆 자리 선배가 K 감독님을 인터뷰하러 갈 준비를 하고 있었다. 선배가 가방을 들고 막 나가려는데, 그 옆에 있던 대선배가 말했다. "그분한테 여쭤봐. 지루하진 않은지."

어린 마음에 이 말이 어찌나 근사하게 들리던지. 인간은 언제 지루한가? 놀 것, 볼 것, 사랑할 것, 실험할 것, 예술할 것 등 웬만한 건 다 해보고, 더 이상 웬만한 것은 자극적이지 않을 때쯤 지루하다는 생각이 들지 않을까? 나를 스쳐가는 많은 사람과 지지고 볶다가, 비로소 혼자 널널한 자리를 차지하고 앉았을 때 자유로운 동시에 지루하지 않을까? 그러니까 이 질문은 "그동안의 작품을 통해 당신이 웬만한 건 다 해봤다는 걸 짐작할 수 있었습니다. 그러니까 지긋지긋한 인생에 대해서도 알 만큼은 알게 되었겠군요. 혹시 이제 당신은 지루하지는 않습니까?"를 함축하는 동시에 약간의 멋까지 더한 한마디가 아니었을까? 물론 당시에는 이 정도까지 생각하진 않았다. 그저 상대방의 세계를 인정하는 동시에 대등한 눈높이에 서 있는, 그냥 뭔가 좀 아는 어른의 질문 같았다. 이 질문을 던진 당시의 대선배는 지루한 상태였을까? 그때 대선배의 나이는 30대 후반, 그러니까 지금의 내 나이였는데.

인터뷰에 나선 선배가 K 감독님에게 실제로 이 질문을 던졌는지, 그리고 그가 뭐라고 답했는지는 기억이 나지 않는다. 다만 이로부터 몇 년쯤 후에 나 역시 K 감독님을 뵐 일이 있었는데, 그때도 같은 질문이 떠올라 그에게서 정말 지루함이 엿보이는지 조용히 관찰했던 기억이 난다. (과연 그는 조금 지루해 보였다. 나와의 대화가 지루했던 것은 아니길 바란다.) 당시에는 그가 매우 고통스러운 영화를 만든 직후라서 나는 지루함 대신 고통에 대한 질문을 했다. 이제 고통에 대해 어느 정도 알게 되었냐고 묻자, 그는 웃으며 이렇게 답했다. "영화를 찍으면서 내가 받은 고통만큼은 잘 알게 된 것 같아요."

세상의 모든 창작자에게 지루함과 고통은 무언가를 시작하게 하는 동시에 한순간에 모든 것을 포기하게 만드는 양가감정일 것이다. 아니, 창작자가 아닌 모든 인간도 결국 지루하거나 고통스러울 때, 무언가를 주물럭거리다 쌓아올리고, 다시 부수는 것일 테다. 그렇다면 지루함과 고통의 배합은 어느 정도가 적당할까? 혹은 지루하거나 고통스럽거나 하나만 해야 한다면 어느 쪽이 나을까? 언뜻 생각해보면 지루함은 사치다. 인생이 지루한 사람도 고통을 호소하곤 하지만, 정말로 고통스러운 시기에는 지루함을 느끼지 않는다. 어찌 됐든 사회 초년생 시절의 나는 언젠가 원숙한 태도로 누군가에게 이 질문을 던지고 있을 줄 알았다. “혹시, 지루하세요?”

물론 이 질문을 던질 때의 나는 지루함에 대해 잘 아는 상태여야 한다. 그런데 나는 여전히 지루함에 대해 잘 알지 못한다. 그래서 이 질문을 누구에게도 던져보지 못했다. 고통에 대해서는, 손톱 밑의 가시를 가지고 왕왕대는 인간이긴 하지만 K 감독님의 말처럼 내가 겪은 티끌만 한 크기의 고통은 안다고 말하고 싶다. 그러나 다시 생각해봐도 까무러치게 재밌다고 할 수는 없지만 지루하진 않다.

사실 과거의 내가 현재의 나의 일상을 관찰한다면 정말이지 지겹기 짝이 없다고 생각할 것이다. 나의 일상은 매일같이 똑같다. 매일 같은 길을 걷고, 같은 카페에서 같은 자리에 앉는다. 입고 있는 옷도 얼추 똑같다. 엇비슷한 시간에 일어나고 엇비슷한 시간에 잠든다. 등장인물도 몇 명 안 되고 하루의 동선은 반경 2킬로미터를 벗어나지 않으며, 특별한 취미도 없고 약속은 한 달에 하나쯤 있다. 이것은 분명히 예전의 내가 두려워했던 삶이다.

어린 시절에는 똑같은 하루를 쳇바퀴처럼 굴려 나가는 일에 대한 두려움이 있었다. 40년 동안 매일 같은 시간에 일어나 일을 하러 갔다거나 40년 동안 매일같이 저녁 식사를 준비했으며, 식사가 끝난 후에는 그릇을 쌓아 놓지 않고 곧바로 설거지를 했다거나 하는 일들은 눈으로 직접 봤으면서도 좀처럼 믿어지지 않는 측면이 있었다. 나에게는 그런 재주가 없을지도 모른다는 생각에는 약간의 오만함이 포함되어 있었다. 나는 어쩌면 그들과 다를지도 모른다는 착각, 온전히 감당해보지 않아서 무게를 알 수 없는 일에 대한 경외심, 그저 그런 하루하루를 반복하다 보면 그저 그런 사람으로 남을 것이라는 불안감이 뒤범벅된 그 감정을 뒤로 하고 할 일을 잔뜩 쌓아 두고 술을 마시러 가곤 했다.

그러나 실제로 그저 그런 어른이 되어 쳇바퀴를 굴려보니, 반복되는 일상은 그리 나쁘지도, 우울하지도, 지루하지도 않다. 어제와 같은 오늘과 오늘과 같은 내일을 굴려나가는 일에는 상당한 근력이 요구되며, 운동선수의 기초 훈련처럼 끈질긴 반복만이 이 세계에 리듬감을 부여한다. 그러니까 일상이 지루하지 않은 사람들은 리듬감을 찾은 사람들일 것이다.

몰입할 수 있는 일이 있고, 나에게만 의미 있는 자잘한 성과와 실패가 있으며, 그에 따르는 만족감과 아쉬움이 있다면 매일 똑같아 보이는 하루도 스스로에게는 결코 똑같지 않다. 내가 통제할 수 없는 고통과 환희의 드라마에 휩쓸려 떠내려가기보다는 아주 조금씩 다르게 변주되는 일상의 결을 느끼며 살아가고 싶다. 그 결과가 지루함에 대해 잘 알지 못하는 지루한 인간으로 남는 것일지라도 말이다.

다만 성실하게 이 레이스를 통과한 후에 무언가를 새롭게 시작해보고 싶어지는 종류의 지루함에 대해서는 관심이 있다. 그것을 심심함이라고 불러도 좋고 고독이라고 불러도 좋을 것이다. 그런 지루함이라면 적극적으로 발명하고 싶다. 놀잇감이 아무것도 없는 상황에서도 기어코 놀 거리를 찾아내는 아이들처럼, 내가 할 수 있는 가장 창조적인 방식으로.

여기까지 적어 내려가다 보니 지루함에 대해서 물어도 좋을 사람이 생각났다. 아흔이 훌쩍 넘도록 여전히 정정한 우리 할머니다. 인생의 지리멸렬함과 고통에 대해 말할 수 있는, 그러나 떠벌릴 가치도 없이 그저 살아내는 것이 정답이라고 말할 것 같은, 그러면서도 풋내 나는 인터뷰어를 어여삐 여길 것이 분명한 사람과 언젠가 제대로 된 인터뷰 자리를 가질 수 있었으면 좋겠다.

드러냄의 글쓰기

나는 '나'로 시작하는 글을 쓰는 것을 퍽 괴로워하는 편이다. 나의 징징거림을 들어온 한 친구는 나와의 카톡 대화방 상단에 "이제 진짜 다시는 쓰지 말자"라는 문구를 핀으로 고정해두기도 했다. (지금 대화방에 들어가보니 여전히 이 문구가 걸려 있다.) 응, 그래…. 그런데 지금 당장 쓸 것이 없는데 어쩌지? 중요한 일은 중요한 일이라서, 사소한 일은 사소한 일이라서 망설여지고 나의 일은 좀처럼 드러내고 싶지 않고 다른 사람의 일은 더욱 함부로 밝힐 수 없다. 검열, 또 검열. 괜찮을까? 써도 될까? 아무도 안 물어봤으며 아무도 안 궁금하지 않을까? 그리하여 쓸 수 있는 소재는 한 줌이고, 스스로가 싫어지며, "이제 진짜 다시는 쓰지 말자"는 친구의 손을 붙들고 고개를 끄덕이게 된다. 그래 그래, 이제 진짜 다시는 쓰지 말자.

그럼에도 불구하고 지금 이 글을 쓰고 있다는 것은 여전히 놓지 못하고 붙들고 있는 무언가가 있다는 뜻일 것이다. 재능도 없고 즐기지도 못하는데, 이것저것 벌여놓은 일들을 하기에도 모자란 시간에 나는 왜 항상 글쓰기를 끼워넣는 걸까?

언젠가 나에게 소설 쓰기를 권유한 분이 있다. 드러냄과 감춤 사이에서 방황하면서도 무언가를 쓰고 싶어 하는 사람의 지평을 넓혀주기 위한 제언이었겠지만 나는 또한 알고 있었다. 내가 소설을 쓸 수 있는 사람이 아니라는 것을. 픽션도 아니고, 논픽션도 아니라면 내가 쓸 수 있는 글은 무엇인가? 그 또한 나는 잘 알고 있었다. 아마도 사람들은 잘 모를 테지만, 픽션과 논픽션 사이에 있는, 1인칭도 3인칭도 아닌 글쓰기가 있다. 그것은 잡지의 글쓰기다. 나는 잡지에서 글쓰기를 배웠다. 나로 시작하지만 꼭 나라고 할 수는 없는 사람이 쓰는 글. 기사나 칼럼으로 불리지만 에세이의 성격도 분명히 있는 잡지 글에서 나의 자아는 수백 개로 갈라졌다. 칼럼의 주제에 따라 나는 알코올 중독자가 되었다가 채식주의자가 되었다가 했다. 거짓말을 했다기보다는 진실을 편집한 쪽에 가깝다. 무수히 많은 자아 중 그때그때 주제에 맞는 자아를 선별하고 확대해서 쓴 것이다. 미니멀리즘을 제안하는 칼럼에서 무너지기 직전인 내 책장을 내보이거나, 섹스에 대한 조언을 하는 칼럼에서 3년 째 연애를 하지 않는 자신을 드러낼 필요는 없으니까.

내가 잡지 글을 쓸 때 가장 중요하게 여긴 것은 분량이었는데, 원고지 15매짜리인지 20매짜리인지는 중요했다. 매수가 곧 돈이며 시간이었기 때문이기도 하지만, 그보다 더 중요한 것은 일러스트나 사진을 위한 공간을 남겨놓아야 했기 때문이다. 잡지 에디터 중에서도 영감이 넘치는 '작가형' 에디터들은 분량을 훌쩍 초과하는 글을 쓴 후에 편집 디자이너에게 어떻게든 넣어달라고 간청하기도 하지만, 나는 그보다는 시각적으로 조화로운 페이지에 만족감을 느끼는 편이었다. 이미지를 키워야 한다고요? 네, 글을 줄여 드리겠습니다. 그래도 빽빽하다고요? 글을 절반 더 들어내도 괜찮아요.

편집 지면이냐 광고 지면이냐도 중요했는데, 분량부터 내용까지, 광고 지면에는 여러 약속이 포함되어 있기 때문이다. 이것을 '애드버토리얼'이라고 한다. '애드버'의 세계를 잘 알고 있는 나로서는 데이비드 포스터 월리스의 《재밌다고들 하지만 나는 두 번 다시 하지 않을 일》을 읽다가 거의 소리를 지를 뻔했다. 이래도 되는 걸까? 월리스가 잡지사의 의뢰를 받아 크루즈 여행 취재를 다녀온 후 쓰기 시작한 이 글은, 아마도 협찬이었을 여행을 '재밌다고들 하지만 나는 두 번 다시 하지 않을 일'로 명명한 것부터 압도적이다. 그는 이 책에서 "대중적 호화 크루즈 여행에는 견딜 수 없이 슬픈 무언가가 있다"고, 나아가 "배 밖으로 뛰어내리고 싶은 기분이다"라고 적는다. 이 글을 읽은 광고주의 반응은 어땠을까? 무척이나 당황스러우면서도 정신없이 빠져들 수밖에 없었겠지. 어떤 성격의 글에든 자신만의 인장을 찍어놓고야 마는 것이 작가라는 사람들이지만, 이토록 강렬한 인장은 참으로 드물고 진귀한 것이다.

그러나 나는 한정된 분량과 지면의 성격에 걸맞은, 사회에 공헌할 일도, 주목받을 일도, 누군가의 책장에 보관될 가능성도 희박한 글을 쓰는 일을 좋아했다. 형식은 제약이라기보다는 내가 감당할 수 있는 한 페이지 크기의 자유였다. 그래서 책으로 묶일 에세이를 쓰며 나에게 주어진 많은 자유들에 조금 당황스럽다. 이런 방식의 글쓰기에서는 숨을 곳이 없다는 것을 알게 됐다. 이 글을 읽을 사람은 어찌 됐든 나라는 사람의 이야기를 기대할 것이다. 이 사실을 직시하면 잠시 얼어붙게 된다. 그래서 에세이를 쓴다면 당연히 해내야 할 1인칭의 글쓰기가 나에게는 엄청나게 어렵고 두렵고 새로운 일이다.

그것을 언어화하지 않을지언정, 누구나 익숙하게 몸에 걸치고 있는 태도가 있을 것이다. 나에게는 그것이 은둔이었고 망각이었으며 회피였다. 1인칭의 글쓰기는 내가 사랑하는 이 모든 것들과 정면으로 위배되는 작업이라, 자꾸만 왜 쓰고 있는지 생각해보게 된다. 그건 아마도 더 이상 도망칠 수 없는 시기가 찾아왔기 때문이 아닐까. 어제의 뻘짓이든 오늘의 치기 어린 생각이든 무엇인가를 바라보고 드러내려면 최소한의 용기가 필요하다. 언제나 가지고 싶었지만 절대적으로 부족했던 덕목이다. 1인칭의 글쓰기를 통해 아주 천천히 용기라는 근육을 기르고 나를 드러내는 법을 배운다.

내밀 예찬

ⓒ 김지선, 2022

초판 1쇄 발행 2022년 6월 20일
초판 5쇄 발행 2022년 12월 26일

지은이 김지선
펴낸이 이상훈
편집인 김수영
본부장 정진항
편집1팀 김진주 이윤주 이연재
마케팅 김한성 조재성 박신영 김효진 김애린 오민정
사업지원 정혜진 엄세영
펴낸곳 ㈜한겨레엔 www.hanibook.co.kr
등록 2006년 1월 4일 제313-2006-00003호
주소 서울시 마포구 창전로 70 (신수동) 화수목빌딩 5층
전화 02) 6383-1602~3 | 팩스 02) 6383-1610
대표메일 book@hanien.co.kr
ISBN 979-11-6040-828-7 03810

책값은 뒤표지에 있습니다.
파본은 구입하신 서점에서 바꾸어 드립니다.